ARTO PAASILINNA

Für eine schlechte Überraschung gut

Weitere Titel des Autors:

Der heulende Müller
Das Jahr des Hasen
Die Giftköchin
Die Rache des glücklichen Mannes
Vorstandssitzung im Paradies
Der Sohn des Donnergottes
Im Wald der gehenkten Füchse
Der Sommer der lachenden Kühe
Der wunderbare Massenselbstmord (auch als Hörbuch erschienen)
Zehn zärtliche Kratzbürsten
Nördlich des Weltuntergangs
Im Jenseits ist die Hölle los (auch als Hörbuch erschienen)
Ein Bär im Betstuhl
Der liebe Gott macht blau (auch als Hörbuch erschienen)
Ein Elefant im Mückenland
Adams Pech, die Welt zu retten (auch als Hörbuch erschienen)
Vom Himmel in die Traufe (auch als Hörbuch erschienen)
Schutzengel mit ohne Flügel (auch als Hörbuch erschienen)
Die wundersame Reise einer finnischen Gebetsmühle
(auch als Hörbuch erschienen)
Heißes Blut, kalte Nerven (auch als Hörbuch erschienen)
Weltretten für Anfänger
Der Mann mit den schönen Füßen (auch als Hörbuch erschienen)

Titel in der Regel auch als E-Book erhältlich

Über den Autor:

Arto Paasilinna (*1942–†2018) wurde im lappländischen Kittilä geboren. Er war einer der populärsten zeitgenössischen Schriftsteller Finnlands. Seine Schilderungen finnischer Männer und deren unverwüstlicher Einstellung zum Leben haben einen festen Platz im Kanon der finnischen Literatur. Seine schnörkellose Sprache, seine überbordende Fantasie und sein trockener Humor haben auch weltweit viele Leser gefunden.

Arto Paasilinna

Für eine schlechte Überraschung gut

Roman

Übersetzung aus dem Finnischen von
Regine Pirschel

lübbe

Dieser Titel ist auch als E-Book erschienen

MIX
Papier aus verantwortungsvollen Quellen
FSC® C014496

Vollständige Taschenbuchausgabe
der bei Bastei Lübbe erschienenen Hardcoverausgabe

Titel der finnischen Originalausgabe: »Sotahevonen«
Originalverlag: WSOY
Published by arrangement with Bonnier Rights Finland, Helsinki

Für die deutschsprachige Ausgabe:

Textredaktion: Anja Lademacher, Bonn
Titelillustration: © DoubleBubble / Shutterstock.com; DoubleBubble / Shutterstock.com; Aliona Manakova / Shutterstock.com
Umschlaggestaltung: FAVORITBUERO, München
Satz: Dörlemann Satz, Lemförde
Gesetzt aus der DTL Documents Sans
Druck und Verarbeitung: GGP Media GmbH, Pößneck
Printed in Germany
ISBN 978-3-404-18014-1

5 4 3 2 1

Sie finden uns im Internet unter luebbe.de
Bitte beachten Sie auch: lesejury.de

Ich widme dieses Buch den in unseren Kriegen gefallenen und vermissten Pferden.
Arto Paasilinna

1. Teil

Das Flugzeug

1

Ein reifbedeckter Lastwagen fuhr im Morgengrauen zu dem Flugplatz hinaus, der auf dem Eis des Finnischen Meerbusens angelegt worden war. Als der Wagen stoppte, sprangen russische Soldaten mit Gepäck herunter und liefen in verschiedene Richtungen auseinander, einige stiegen in wartende Flugzeuge, die sogleich im schneidend kalten Wind gestartet wurden.

Als Letzter verließ ein schmächtiger Mann die Ladefläche, er steckte in einer finnischen Militäruniform und hatte eine umfangreiche Ausrüstung bei sich, einschließlich langer Skier, wie sie in Finnland üblich waren. Unschlüssig blieb er auf dem Eis stehen. Er fror, und er wusste nicht, wohin mit seinen Brettern.

Der Lastwagen ließ den Mann auf dem Eis zurück, wendete und fuhr wieder aufs Festland, in die große Stadt Leningrad. Es war Winter, der März 1942. Die Deutschen attackierten Leningrad mit heftigem Artilleriefeuer, auch jetzt konnte man das Donnern der schweren Geschütze, die von Süden her angriffen, bis hier draußen aufs Eis hören. Hunger und Kälte töteten die unglücklichen Bewohner der großen Stadt, für sie gab es kein Entkommen aus der vernichtenden Falle, denn die Deutschen hatten im Süden vor der Stadt Front gemacht, und im Norden, in der Karelischen Landenge, lagen die finnischen Truppen in ihren Stellungen.

Mehrere Bomber stiegen vom Eis auf, nahmen Kurs Richtung Süden und verschwanden bald in der Morgendämmerung und in den Wolken. Zu dem Mann auf dem Eis gesellte sich jetzt ein anderer Mann, er war groß, hatte einen schwarzen Schnäuzer und trug die Pilotenuniform der Roten Armee. Er gab dem Wartenden die Hand und sagte:
»Ich bin Leutnant Gennadi Savolenko. Du bist wahrscheinlich der Fallschirmjäger, der nach Finnland gebracht werden soll.«
Erfreut nickte der kleinere Mann:
»Gewiss, lieber Genosse ... ich bin Vassili Kunitsin.«
Der Pilot griff sich Kunitsins herumliegende Ausrüstung und stapfte zu seiner Maschine. Der Fallschirmjäger folgte ihm mit den Skiern auf der Schulter. Die beiden Männer gelangten zu einem großen Schlachtflugzeug. Savolenko warf das Gepäck aufs Eis und drehte sich zu seinem Gefährten um. Er musterte den kleinen Mann und fragte mit seiner dröhnenden Stimme:
»Freiwilliger?«
Kunitsin nickte.
»Dann wollen wir mal einladen«, sagte Savolenko.
Die Maschine war ziemlich groß, aber trotzdem kostete es Mühe, alles Notwendige in ihrem Inneren zu verstauen, denn außer Kunitsins Ausrüstung waren das noch fast zwanzig Kanister mit Treibstoff. Kunitsin fragte, während er Kanister einlud, ob dieser Flugzeugtyp nicht einen speziellen Treibstofftank besaß. Savolenko knurrte, dass dessen Inhalt nicht für den gesamten Flug reichen würde.
»Wir gehen zwischendurch runter und tanken aus diesen Kanistern.«
Savolenko musterte Kunitsins Gepäck: Funkgerät, Waffe, Proviant, Skier.

»Mit solcher Warenmenge in den Hinterwald ...«

Das Problem waren die Skier, die nicht ins Cockpit passten, obwohl die Männer alles versuchten. Wenn sie sie über den Sitzen verstauten, hatte der Pilot jeweils ein Brett auf jeder Schulter liegen, und das behinderte ihn beim Fliegen, wie er sagte. Man konnte sie aber auch nicht neben den Sitzen auf die Erde legen, denn das Cockpit wurde nach hinten hin schmaler, außerdem befand sich dort der Sitz für den Maschinengewehrschützen.

»Wie wäre es, wenn wir sie auf dem Dach der Maschine festbinden«, schlug Kunitsin vor.

Savolenko antwortete lapidar, dass der Luftzug sie sofort nach dem Aufsteigen hinunterfegen würde, und selbst wenn sie sich da oben hielten, würden sie ihn beim Lenken stören.

»All das Zeugs, die Skier ... ein Pferdeschlitten soll nicht zufällig auch noch mit?«

Schließlich beschlossen die Männer, die Skier am Fahrgestell der Maschine zu befestigen, über den Stahlschienen. Als das erledigt war, kletterten sie ins vollgepackte Cockpit, schlugen die Türen hinter sich zu und zogen die Pelzmützen über die Ohren. Der Pilot studierte noch seine Karten, ließ den Motor warmlaufen, wischte mit einem Glyzerinlappen über die Fensterscheiben, damit sie nicht vereisten, und dann gab er dem Bodenpersonal ein Handzeichen, worauf die Männer mit ihren Schneeschaufeln das Rollfeld verließen. Der Motor kam auf Touren, ein gewaltiges Dröhnen erfüllte das Cockpit, der Start begann. Die schwere Militärmaschine rumpelte über das unebene Eis, bis sie abhob und in den winterlichen Himmel über dem Finnischen Meerbusen aufstieg. Der Pilot lenkte die Maschine mit der Nase gen Westen.

2

Leutnant Gennadi Savolenko war ein äußerst fähiger Pilot, und er flog eine gute Maschine. Ein Sturmovik-Schlachtflugzeug, vom Genossen Iljuschin höchstpersönlich konstruiert.

Ohne den Kurs zu korrigieren, flog Savolenko eine halbe Stunde in westliche Richtung, und dann richtete er die Nase der Sturmovik nach Nordnordost aus, wo nach einigen Minuten die finnische Küste auftauchte.

»Halt dich jetzt gut fest. Sie schießen, wenn sie uns entdecken«, rief der Pilot seinem Passagier zu, der hinten neben dem Maschinengewehr saß.

Die Eisfläche glitt unter der Maschine hinweg, weich wiegte der verschneite Uferwald die Ankömmlinge, aber sonst blieb alles ruhig. Savolenko lenkte die Maschine über das finnische Festland, wobei er den Baumwipfeln auswich. Ein paar kleine Straßen flitzten unter ihnen vorbei, aber sonst wirkte die Gegend unbewohnt. Bald erreichten sie Miehikkälä. Dort gab es anscheinend keinen Flugplatz und auch sonst keine Sicherheitssysteme, sodass Savolenko beschloss, erst mal eine große Runde über der Ortschaft zu drehen.

Die Männer wurden auf ein großes Gebäude aus roten Ziegeln aufmerksam, »Genossenschaftsmolkerei Kymenlaakso« stand auf der Fassade zu lesen. Savolenko wollte von Kunitsin wissen, was der Schriftzug bedeutete, und als ihm der Name übersetzt worden war, beschloss er, kurz eine Bombe auf die Molkerei zu werfen. In einer prächtigen Schleife näherte er sich dem Gebäude, löste die Bombe genau im richtigen Moment, und als er kurz darauf noch einmal umkehrte, um das Ergebnis zu prüfen, konnte er feststellen, dass die Bombe das Dach der Molkerei getroffen hatte. Sie hatte das Dach durchschlagen und war im Bodenraum explodiert. Schnee und der Qualm der Explosion stoben im Frostwind durchs Dorf.

Frauen in weißen Arbeitskitteln stürmten aus dem Gebäude, rannten in den nahen Wald und warfen sich dort in den Schnee.

»Die weißen Banditen müssen wohl vorläufig pausieren beim Buttern«, meinte der Pilot. Immer mehr Frauen rannten in den Wald, und Savolenkos Interesse an ihnen ging so weit, dass er über dem Waldstück zu kreisen begann, vielleicht um herauszufinden, wie finnische Meierinnen aussahen. Die dröhnende Maschine vollführte Sturzflüge über ihnen, Savolenko putzte eigens die Fenster mit Glycerin, um die Frauen besser sehen zu können.

»Hübsch, hübsch, und dick ...«

Bald jedoch begannen die finnischen Soldaten aus dem Dorf, das Flugzeug mit ihren Gewehren zu beschießen, und Savolenko musste die Frauen in Ruhe lassen. Der magere Kunitsin betrachtete das zurückbleibende Miehikkälä und murmelte vor sich hin:

»Wirklich schmuck, rosig und gut im Futter, das muss man sagen ...«

Der Zwischenfall in Miehikkälä mit all den wilden Schleifen und Sturzflügen hatte dazu geführt, dass die Skier am Fahrgestell ein wenig den Halt verloren hatten, und so nahm das Unglück seinen Lauf: Eines der beiden Bretter löste sich

schon bald nach dem Abflug, und es flog eine Weile wie ein zitternder Strich vor der Maschine her. Kunitsin bekam einen tüchtigen Schreck, als er seinen Ski in der Luft sah.
»Ein Ski hat sich gelöst, fang ihn ein!«
Die Männer mussten mit ansehen, wie der Ski in den verschneiten Wald fiel. Savolenko fragte:
»Lassen wir ihn da liegen? Er ist bestimmt nicht mehr heil.«
»Ich muss ihn holen! Wie soll ich in Finnland mit nur einem Ski laufen, da erfriere ich ja!«
Nach kurzem Suchen fand Savolenko ein kleines Feld, auf dem er landen konnte. Er stoppte die Maschine, zeigte Kunitsin, wo der Ski seiner Meinung nach zu Boden gefallen war, und forderte ihn auf, sich beim Suchen zu beeilen. Savolenko selbst blieb im Cockpit sitzen, schaltete nicht einmal den Motor aus, sondern wendete die Maschine und machte sie klar für den Start.
Kunitsin watete im tiefen Schnee durch den Wald, schaute nach oben und suchte nach Baumwipfeln, von denen der Ski beim Herunterfallen den Schnee abgefegt hatte. Er war bereits tief ins Innere des Waldes vorgedrungen, als er die erhofften Anzeichen entdeckte, und unten auf der Erde sah er eine schöne, von einem einzelnen Ski gezogene Loipe, die aus dem Nichts kam und etwa zehn Meter weit führte. Am Ende der Loipe lag der Ski, vollkommen heil nach seiner glücklichen Notlandung. Ohne Zögern schob Kunitsin seinen Stiefel unter die Bindung, stieß sich mit dem anderen Fuß ab und lief so zum Flugzeug zurück.
Eilig befestigte Kunitsin den Ski wieder an seinem Platz. Er machte seine Arbeit diesmal besonders gründlich, damit sich das lebenswichtige Brett kein zweites Mal lösen konnte. Der Pilot gab bereits nervös Gas. Miehikkälä war nah, und

die Finnen konnten bald auftauchen. Als Kunitsin seinen Ski gut vertäut und sich auch vom festen Halt des anderen überzeugt hatte, sprang er in die Maschine. Savolenko brachte den Motor sofort auf volle Touren, die Maschine raste über das Feld und erhob sich kurz vor dem Waldrand aus dem Schnee.

Die Finnen waren inzwischen ebenfalls eingetroffen, schwitzende Männer in der Loipe. Sie legten die Gewehre an und schossen auf das dröhnende Flugzeug hoch über ihren Köpfen. Kunitsin beantwortete das Feuer mit einigen Schüssen aus dem Nagant, das er aus dem Fenster hielt. Keine der beiden Parteien fügte der anderen Schaden zu.

Als er Miehikkälä hinter sich gelassen hatte, griff Savolenko zur Zigarette und nahm dann Kontakt mit Leningrad auf. Er schrie seine Nachricht in das knarrende Funkgerät:

»Haben geglückte Notlandung in Miehikkälä durchgeführt, gerieten dort in ein Feuergefecht mit finnischen Soldaten. Drei Finnen gefallen. Auf unserer Seite keine Verluste. Haben zuvor die zentralen Milchverarbeitungsbetriebe der Stadt zerstört. Ende.«

Nach einigen Minuten erreichte das Flugzeug die Bahnstrecke Kouvola-Viborg. Savolenko hatte vorgehabt, die Gleise in aller Ruhe zu überfliegen, aber es ergab sich, dass zur gleichen Zeit ein langer Zug, gezogen von zwei Dampfloks, dort entlangkeuchte, von Kouvola kommend auf dem Weg nach Viborg. Savolenko beschloss, die Fahrt des Zuges ein wenig zu stören, und Kunitsin war derselben Meinung:

»Schick ihnen ein paar Kugeln aus dem Maschinengewehr, Genosse Savolenko!«

Der Pilot lenkte seine Maschine zum Gleis, und bevor der Zug richtig stoppen konnte, beschoss er ihn mit zwei Maschinengewehren, Bündel von Lichtstrahlen tanzten auf und nieder, von den Loks bis hin zum letzten Wagen. In den Waggons befanden sich Feldkanonen und Panzer, die für die Front bestimmt waren. Mit einer Ausnahme allerdings, und die zeigte sich, als Savolenko eine kleine Granate auf den Zug warf. Die Granate zerstörte diesen einen, gewissen Waggon, und Unmengen von Schneeschaufeln aus Sperrholz purzelten auf die Böschung, sodass das Lokpersonal, das aus seinen Führerständen sprang, fast darunter begraben wurde.

Bald begann jedoch die Luftabwehr des Zuges die feindliche Maschine zu beschießen, und Savolenko musste von weiteren Zerstörungsmaßnahmen absehen. Er nahm Kurs nach Norden, und als er zur Luftabwehr des Zuges genügend Abstand hatte, meldete er nach Leningrad:

»Auf der Bahnstrecke Kouvola-Viborg einen Zug mit Kriegsmaterial angegriffen. In den Waggons große Mengen Panzer, Feldkanonen und Schneeräumgeräte, diese zerstört. Ende.«

Inzwischen war bereits der Tag angebrochen. Kunitsin spähte durchs Fenster nach unten in die verschneite Landschaft. Ihn interessierte diese Tour außerordentlich, denn er war noch nie zuvor geflogen. Das Land, das er aus dem Flugzeug betrachtete, war ihm fremd, obwohl seine Vorfahren von dort stammten: Kunitsin war ein gebürtiger Ingermanländer, und sprach ausgezeichnet Finnisch. Dort in den Niederungen der verschneiten Wälder lebten womöglich noch Blutsverwandte von ihm, irregeleitete Arbeiter, die auf Befehl des weißen Generals Mannerheim gezwungen worden waren, gegen die große Sowjetunion zu kämpfen ... zusammen mit den blutigen Faschisten.

Savolenko flog über Mäntyharju nach Mikkeli, wo die Maschine mit außerordentlich heftigem Luftabwehrfeuer empfangen wurde. Als Savolenko die Flucht ergriff, bemerkte er, dass vom Flugplatz Joroinen mehrere finnische Zerstörer aufstiegen, und er hatte alle Mühe, ihnen zu entkommen: Er flog so tief es irgend ging, unmittelbar über den Bäumen, und als die finnischen Zerstörer ihm ebenso tief folgten, lenkte er seine Maschine unvermittelt fast steil nach oben und stieß durch eine Wolke, sodass die Zerstörer ihn kurzzeitig aus den Augen verloren. Bei Leppävirta landete er im Sturzflug auf dem Eis eines Sees und lenkte seine Maschine in den Schutz des Uferwaldes.

Mehrere Minuten lang kreisten die finnischen Maschinen über der Gegend, flogen irgendwie zerstreut umher wie Bienen, denen ihr Kasten geraubt worden war. Schließlich kehrten sie auf ihren heimischen Flugplatz zurück.

Als die Zerstörer weg waren, drehte Savolenko seine Maschine, sodass sie mit der Nase auf den See hinaus zeigte, und schaltete anschließend den Motor aus. Mit steifen Gliedern krochen die Männer aus dem Cockpit. Savolenko kramte die Lagerausrüstung hervor und stiefelte in den Wald. Zuvor wies er Kunitsin an, Rumpf und Tragflächen mit Schnee zu bewerfen, damit die Maschine aus der Luft nicht so leicht zu entdecken wäre.

Zunächst warf Kunitsin den Schnee mit den Händen auf das Flugzeug, stellte aber bald fest, dass die Arbeit auf diese Weise nicht schnell genug vonstattenging, und so griff er sich seinen Rucksack, suchte das Schachbrett heraus und schaufelte damit die Tarnschicht auf die Maschine.

Unterdessen hatte Leutnant Gennadi Savolenko ein kleines Lagerfeuer entzündet und einen Kessel mit Wasser darüber gehängt. Als das Wasser siedete, warf er Teeblätter hinein und ließ das Ganze ziehen, inzwischen suchte er Fichtenreiser zusammen und verteilte sie um das Feuer. Bald war das Lager fertig, und er rief seinem Gefährten zu, dass er zum Tee kommen solle. Kunitsin erschien frierend, mit dem Schachbrett in der Hand.

»Trink Chai, mein Freund, damit dir warm wird«, forderte Savolenko ihn auf.

Wortlos genossen die Männer ihr einfaches Frühstück, und dann spielten sie zwei Partien Schach. Die erste Partie gewann Kunitsin, die zweite Savolenko. Nach dem Spiel streckte sich der Pilot auf den Fichtenreisern aus, während Kunitsin in den nahen Laubwald ging und sich zwei Espenzweige abschnitt. Er schälte die dünnen Stäbe, suchte in seinem Rucksack nach den Schneetellern, befestigte sie und brachte die Stöcke zur Maschine, wo er sie neben dem hinteren Maschinengewehr auf den Boden legte. Als er zurückkehrte, war das Lagerfeuer erloschen, und Leutnant Savolenko schlief. Um Geräuschlosigkeit bemüht, legte Kunitsin sich ebenfalls nieder, obwohl er nicht sonderlich müde war. Er war aufgeregt, denn sein Einsatz als Fallschirmjäger hatte soeben begonnen.

3

Es wurde ein sonniger Tag. Der Pilotenleutnant schlief bis zum Nachmittag auf den Fichtenreisern, und obwohl das Lagerfeuer nicht mehr brannte, schien er überhaupt nicht zu frieren. Kunitsin, der während der Blockade von Leningrad elend abgemagert war, litt unter der Kälte, warf sich herum und fand keinen Schlaf. So machte er sich denn am Nachmittag daran, das Feuer neu zu entfachen, und als es ihm gelungen war, kochte er Essen.

Die Männer besaßen nur magere Proviantvorräte: Kunitsin schmolz Schnee im Kessel, fügte in das so gewonnene Wasser gefrorenen Fisch, ein paar Gewürze und Salz hinzu, außerdem kochte er Tee und brach schwarzes Brot, das mit Ersatzstoffen gestreckt war, und ließ es am Feuer rösten. Dann weckte er Savolenko zur Mahlzeit.

Kunitsin betrachtete den Piloten: hoch gewachsen, eigentlich ein schmucker Kerl mit seinem schwarzen Schnäuzer, schwarzes Haar umrahmte das Gesicht, während er aß, mahlten die großen Kinnladen. Er schien stets die Mütze abzusetzen, wenn er eine Mahlzeit verzehrte oder Tee trank. Vom Alter her war Savolenko vermutlich knapp dreißig, also gut zehn Jahre jünger als Kunitsin. Dieser hatte Lust zu plaudern, aber sein Gegenüber schien nicht aufgelegt dazu, was jedoch auch daran liegen mochte, dass sie einander noch nicht so gut kannten.

»Nun sind wir in Finnland ... bist du schon mal hier gewesen?«, fing Kunitsin an.

Savolenko erzählte, dass er bereits viele Male in Finnland gewesen sei: Im Winterkrieg habe er Bombeneinsätze über Turku und Helsinki geflogen, und jetzt während dieses neuen Kriegsabschnittes habe er natürlich Kampfflüge an der Front absolviert, hauptsächlich allerdings gegen die Deutschen.

Savolenko musterte seinerseits Kunitsin, so als könnte er gar nicht glauben, dass dieser Mann sein Gefährte sein sollte, er war so klein und schmächtig, und auch sonst wirkte er recht kümmerlich. Sein Gesicht war glatt, die Hände schmal, das Haar hellgrau, die Miene wirkte jungenhaft, obwohl man ihm ansonsten ansah, dass er viel gelitten hatte – in diesem Krieg hatte schließlich jeder leiden müssen.

»Du bist wohl kein Soldat?«, fing Savolenko vorsichtig an.

»Nein ... na ja, vor diesem Einsatz wurde ich zum Korporal ernannt.«

Kunitsin begann von sich zu erzählen. Er sagte, dass er Ingermanländer sei, dass seine Eltern bereits tot seien, nur die Schwester habe im Herbst noch gelebt, aber:

»Dann ist auch meine liebe Schwester verhungert, gerade zu Weihnachten.«

Er erzählte, dass er von Beruf eigentlich Apotheker sei, in der 45. Apotheke von Leningrad. Als sich Savolenko erkundigte, ob es denn jetzt während des Krieges nicht genug zu tun gäbe in einer Apotheke, erzählte Kunitsin, dass es an Arbeit nicht gemangelt hatte, es gab viele Kranke, aber die Medikamente waren knapp geworden, und schließlich waren sie ihnen ganz ausgegangen, sodass nicht mehr alle Apotheker gebraucht wurden.

»Als meine Schwester starb, wollte ich an die Front, aber die

Genossen Offiziere sagten, dass ich dafür zu ausgehungert sei. Sie glaubten mir auch nicht, als ich ihnen sagte, dass ich schon immer mager gewesen sei und außerdem ein zäher Bursche … aber dann, vor zwei Wochen, brachte mir ein Bote einen Brief, in dem man mich in den Stab bestellte. Dort sagten sie mir, weil ich Finnisch spreche, könnte ich Fallschirmjäger werden, wenn ich wollte.«

Savolenko fragte, ob Kunitsin verheiratet sei.

»Nein … ich hätte schon gern geheiratet, aber das Mädchen nahm einen anderen, so läuft es ja immer, die eine, die man will, bekommt man nicht, und andere gefielen mir nicht so gut.«

»Du bist zu anspruchsvoll bei der Auswahl«, warf Savolenko ein.

»Ich war sehr verletzt wegen dieses Mädchens, danach haben mich Frauen nicht mehr interessiert, so war es nun mal. Aber sollte der Krieg in diesem Jahr enden, dann nehme ich mir vielleicht eine Frau, denn allein zu leben, ist so traurig, jetzt, wo meine Schwester tot ist.«

Ein Rabe kam über den See geflogen, hielt direkt auf den Lagerplatz der Männer zu, und als er den Geruch vom Feuer in die Nase bekam, war sein Interesse geweckt. Er ließ sich in den Bäumen am Ufer nieder und beobachtete mit schrägem Kopf das Treiben der beiden. Bald tauchte ein zweiter Rabe auf und gesellte sich zu dem anderen, so neugierig waren sie. Schnee fiel von den Ästen, als sie sich niederließen.

»In Leningrad hat man diese Sorte im jetzigen Winter gar nicht mehr gesehen. Sind wohl alle im Kochtopf gelandet«, äußerte Kunitsin. »Auch aus Dohlen wurde häufig Suppe gekocht, sie wurden mit Netzen gefangen. Übrigens schmeckt Dohlensuppe durchaus nicht übel.«

Savolenko schürte das Feuer, das Teewasser hatte lange genug gezogen, er goss für sie beide Tee ein, dazu aßen sie das geröstete Brot.

»Bist du denn verheiratet? Ja, vermutlich«, wandte sich Kunitsin an seinen Gefährten.

Savolenko erzählte von sich: Ja, er war verheiratet, seine Frau lebte jetzt wahrscheinlich in Moskau, sie hatte vor Beginn der Belagerung fliehen können, von Beruf war sie Krankenschwester.

»Seit einem halben Jahr schon habe ich nichts mehr von Ludenka gehört, es wird keine Privatpost nach Leningrad geliefert, wer weiß, ob sie überhaupt noch lebt, meine Frau.«

»Bestimmt lebt sie, sorg dich nicht unnötig.«

Die Raben hatten genug von den beiden ruhigen Menschen und flogen davon. Als die Männer ihren Tee getrunken hatten, erhoben sie sich von den Fichtenreisern und widmeten sich anderen Dingen. Savolenko begann, seine Karten zu studieren und diverse Einträge darin vorzunehmen. Kunitsin fragte, warum er das tat.

»Hier, Genosse Kunitsin, siehst du das Monstrum unter dem Bauch der Maschine? Das ist eine Luftbildkamera. Ich vermerke in den Karten die Punkte der Aufnahmen, sodass bessere Karten von dieser Gegend angefertigt werden können.«

Jetzt verstand Kunitsin, weshalb Savolenko über Siedlungsgebiete geflogen war, obwohl sich das als sehr gefährlich erwiesen hatte. Dieser ganze Flug diente noch einem anderen Zweck, nur allein seinetwegen war man nicht hierhergekommen.

Als Savolenko mit seinen Karteneinträgen fertig war, begann er zu schreiben. Er schien einen Bericht über die Eigenschaften des Flugzeugs zu verfassen, der recht lang wurde, und als er ihn fertig hatte, verschlüsselte er ihn. Die ursprüngliche Fassung verbrannte er im Feuer. Kunitsin wunderte sich, weshalb der Pilot die Eigenschaften des Flugzeugs notierte, kannte er seine Maschine denn nicht gut genug?

»Dies ist eine ganz neue Maschine, einer der Prototypen einer zweisitzigen Sturmovik. Sie wird erst im kommenden Herbst an der Front eingesetzt. Vorher wird damit geflogen und auf diese Weise getestet, ob sie gut ist.«

»Also ist dies ein Luftaufnahmen- und Testflug?«, fragte Kunitsin enttäuscht.

»Ja, das stimmt, hast du das nicht gewusst?«

Bis zu diesem Moment hatte sich Kunitsin auf dem Flug für eine sehr wichtige Person gehalten: ein Fallschirmjäger, dem ein komplettes Flugzeug samt Pilot zur Verfügung gestellt worden war, ein Mann, für den eine weite Fahrt in den hohen Norden unternommen wurde … und nun stellte sich heraus, dass er eigentlich eine Art Ballast war, eine Nebenrolle spielte …

Traurig steckte er das Schachbrett in seinen Rucksack und schnürte ihn zu, dann sammelte er das Kochgeschirr ein und verstaute es in Savolenkos Rucksack. Savolenko erahnte Kunitsins Gedanken und wollte ihn trösten.

»Mach dir nichts draus, Vaska … es ist ja so, dass es nicht lohnt, eine derart aufwendige Reise wegen eines einzelnen Mannes zu unternehmen, in solch harten Zeiten … es war wichtig, für den Flug einen Mann zu finden, der nützlich sein würde, und sie fanden dich. Jetzt wird also auf ein und demselben Flug ein Mann in den Norden befördert und gleichzeitig die Maschine getestet, Aufnahmen werden gemacht … alles ist wichtig … der Plan ist in jeder Hinsicht gut.«

Savolenko erzählte, dass er den Auftrag hatte, nach Kuhmo oder Hyrynsalmi zu fliegen, Kunitsin dort abzusetzen, dann über Kiestinki nach Louhi zurückzukehren, dort würden die Maschine kontrolliert und alle Informationen gesammelt werden.

»Du bleibst als Fallschirmjäger in Finnland, hältst Kontakt mit den Partisaneneinheiten, spionierst, agitierst ... dürfte ja kein Problem für dich sein, du kannst gut Finnisch.«

Vor Eintritt der Dämmerung betankten Savolenko und Kunitsin die Maschine. Sie holten zu dem Zweck mehrere Kanister aus dem Cockpit und stellten sie aufs Eis, der eine hielt den Trichter über dem Treibstofftank, während der andere die Flüssigkeit hineingoss. Die leeren Kanister begruben sie sorgfältig unter dem Schnee. Auch das Lagerfeuer löschten sie und bedeckten die Asche und die Reiser mit Schnee. Als das erledigt war, luden die Männer ihre Ausrüstung ins Flugzeug und stiegen selbst ebenfalls ein. Savolenko startete den Motor, ließ ihn eine Weile warmlaufen. Wie bei Schneegestöber wirbelte Schnee von den Uferbäumen ins Innere des Waldes. Bald rollte die Maschine über das Eis, stieg auf, gewann immer mehr an Höhe und nahm Kurs nach Norden.

Zum Abend war das Wetter aufgeklart, der Frost hatte sich verschärft, und noch lange hallte das dumpfe Dröhnen des Flugzeugs durch die Savolaxer Seenlandschaft. Bald begann der helle winterliche Mond das Dunkel der verschneiten Wälder zu beleuchten.

4

Im Licht des aufgehenden Frostmondes, unter dem sternenklaren Himmel, donnerte die Sturmovik gen Norden. Die Männer redeten nicht miteinander, sie hätten schreien müssen, und die Schönheit der Nacht hielt sie davon ab, laut zu werden.

Savolenko begann, mit seiner tiefen, schönen Stimme ein wehmütiges Volkslied zu singen. Auch Kunitsin hätte gern gesungen, aber er war sich seiner mangelnden Fähigkeiten bewusst und hielt sich zurück.

Das Cockpit der Maschine war dunkel, nur Savolenkos glühende Zigarette spiegelte sich ab und zu in der Windschutzscheibe. Blass leuchteten die Phosphornadeln an den Messgeräten des Armaturenbrettes in der Dunkelheit. Wenn man durchs Fenster nach unten blickte, sah man die verschneite, vom blassen Mondlicht schwach erhellte Ödlandschaft. Dort schlummerte das finnische Feindesland, mit verdunkelten Dörfern, unwirklich. Befanden sich die Männer wirklich im Krieg gegen dieses Land?

Das leise Lied drang nur noch schwach durch das Motorengedröhn an Kunitsins Ohren, die ganze Situation begann ihn zu ermüden, seine Augen fielen zu, er schlief auf dem Sitz des Maschinengewehrschützen ein, und noch bis an die Grenze des Traums folgte ihm der leise Gesang des Piloten.

Kunitsin erwachte davon, dass das Flugzeug eine abrupte Bewegung machte. Er hatte ziemlich lange geschlafen, seine Glieder waren steif, einer der Skistöcke hatte ihn an der Schulter gedrückt. Als er sich umdrehte, um ihn wegzuschieben, erschrak er: Durchs Rückfenster strahlte das Licht eines hellen weißen Scheinwerfers. Ohne auch nur einen Moment zu zögern, packte er die Griffe des Maschinengewehrs und richtete die Waffe auf den Scheinwerfer. Er drückte den Abzug, und das schwere Maschinengewehr donnerte los, dass die ganze große Militärmaschine bebte. Bündel von hellen Lichtstrahlen durchschnitten das nächtliche All, und Kunitsin war sich sicher, dass sämtliche Kugeln direkt ins Ziel trafen.

Der Scheinwerfer erlosch jedoch nicht, obwohl Kunitsin unablässig auf ihn feuerte.

Savolenko begann ganz schrecklich zu fluchen. Gleichzeitig hämmerte er seinem Gefährten mit den Fäusten auf den Rücken, damit er mit dem Schießen aufhörte. Die Maschine begann zu wackeln, und für einen Moment verlor Kunitsin sein Zielobjekt aus den Augen. Unglaublich wütend schrie Savolenko ihn an:

»Heilige Jungfrau Maria, hör sofort auf, du Trottel!«

Verdutzt hörte sich Kunitsin die Verwünschungen des Piloten an. Er versuchte zu erklären, dass hinter der Maschine eine schreckliche Gefahr lauerte, ein fremdes Flugobjekt, hell erleuchtet, folgte ihnen, da musste er einfach feuern …

Der Mond trat wieder hervor, und erst jetzt begriff Kunitsin, dass er genau diesen beschossen hatte. Niedergeschlagen und beschämt hörte er sich Savolenkos Tadel an.

»Du bist wirklich ein echter Kamerad … den Mond zu beschießen … einen ganzen Munitionsgürtel hast du sinnlos verballert, was soll jetzt aus uns werden? Das bedeutet den Untergang!«

Kunitsin schielte nach unten. Scheinwerfer strichen über ihre Maschine, vereinzelte Luftabwehrgeschosse explodierten in ihrer Nähe. Savolenko änderte sofort den Kurs und brachte den Motor auf volle Touren, ging außerdem höher. Über die Schulter rief er Kunitsin zu:

»Wir müssen weg von hier, sind auf deutschem Gebiet, und die Kerle haben Nachtzerstörer!«

Vorsichtig erkundigte sich Kunitsin, wo sie sich gerade befanden.

»Über der Festungsstadt Kajaani, da waren wir schon, bevor du angefangen hast zu schießen«, knurrte der Pilot.

Entschlossen flog Savolenko geradewegs nach Westen. Die Landschaft unter ihnen war auf einmal zum Leben erwacht: Von der nördlichen Flanke her feuerte die Luftabwehr heftig auf die davonfliegende Maschine, und vom Eis des großen Sees unmittelbar unter ihnen stiegen zwei Zerstörer auf. Savolenko ließ unter den Flügeln der Maschine zwei schwere Raketengeschosse herausfallen, sofort wurden sie schneller. Die Geschosse fielen auf die vom Mond beleuchtete Eisfläche, sie flammten rötlichgelb auf und erloschen dann im Wasser. Kunitsin dachte bei sich, dass im See bestimmt Tausende von Fischen starben. Sie würden auf den Grund sinken, niemand würde sie essen …

Die Sturmovik hatte so viel Vorsprung, dass die Zerstörer, die ihr nachgeschickt worden waren, sie nicht einholten. Savolenko pries seine Maschine: »Ihre Geschwindigkeit beträgt fast fünfhundert Stundenkilometer. Wenn deine verfluchten Skier nicht wären, könnte ich die Fahrgestelle hereinziehen, und wir würden noch schneller fliegen. Aber all der Krempel musste ja unbedingt mit …«

Savolenko flüchtete über Oulujärvi, Rantsila, gelangte schließlich ans Ufer des Bottnischen Meerbusens. Erst hier verschwanden die Zerstörer aus seinem Blickfeld, und der Pilot konnte sich beruhigen. Er steuerte jetzt, dem Ufer folgend, in nördliche Richtung. Die Stadt Oulu umflog er weit draußen über dem Meer. An Kunitsin richtete er die warnenden Worte:

»Wenn du hier wieder anfängst zu schießen, dann sind wir verloren.«

Erst in der Gegend von Kuivaniemi flog Savolenko wieder auf das Festland. Er fluchte über seinen Kartenvorrat, sagte, dass er von diesen entlegenen Gegenden keine Karten mehr besaß.

Kunitsin bedauerte den Vorfall außerordentlich. Er versuchte seinem Gefährten zu erklären, dass es ein pures Versehen gewesen war, dass er geglaubt hatte, das Richtige zu tun, als er mit dem Maschinengewehr schoss ... Inständig bat er für seinen Fehler um Vergebung, nahm alle Schuld auf sich.

»Da hast du Recht. Alles deine Schuld.«

Savolenko flog nach Südosten. Er klang jetzt ein wenig versöhnlicher, als er Kunitsin erklärte, dass sie bald Pudasjärvi oder Puolanka erreichen würden oder mit etwas Glück vielleicht Hyrynsalmi. Und er teilte mit, dass er landen würde, sowie er einen geeignetes Moor oder einen See entdeckte.

»Ich werde dich hier absetzen, lauf dann auf deinen Skiern, wohin du willst. Ich habe das Theater satt ... auf den Mond zu schießen, oh Mutter aller Jungfrauen.«

Nach einiger Zeit fand Savolenko ein Moor von geeigneter Größe und beschloss, dort zu landen.

Die dröhnende Maschine setzte im hellen Mondlicht auf der schimmernden Schneewüste auf. Am Rand des Moores erhob sich erschrocken ein weißer Schneehuhnschwarm und verschwand in den Tiefen der Wildnis. Die Maschine rollte bis an den Waldrand, wo sie mit den Schatten der dunklen Bäume verschmolz. Stille kehrte wieder ein. Ein einsamer Fuchs lauschte der Stille, hob die Schnauze zum Himmel, erschnupperte einen Hauch Flugzeugbenzin, bellte ein paar Mal und lief leise davon.

5

Müde übernachteten die Männer in der Wärme eines kleinen Lagerfeuers, auf Reisern liegend, in ihre Mäntel gewickelt, Rücken an Rücken. Kunitsin hatte eine unruhige Nacht. Er war deprimiert, und er schämte sich, fror außerdem. Ab und zu legte er Holz nach. Das Feuer brannte schnell und wärmte nicht recht. Schließlich aber graute der Morgen, und der verfrorene Fallschirmjäger stand auf, schürte das Feuer und kochte den Morgentee. Für das Frühstück spendierte er einen Teil seiner eisernen Ration, in der Hoffnung, mit einer guten Mahlzeit den Gefährten zu besänftigen, der seinetwegen bis zum Bottnischen Meerbusen hatte fliegen müssen.

Munter erhob sich schließlich auch Leutnant Savolenko von seinen Reisern. Äußerst zufrieden genoss er das Frühstück und erwähnte mit keinem Wort Kunitsins nächtliche Schießerei. Stattdessen studierte er seine Karten. Nachdem er Flugstrecke und -richtung betrachtet hatte, kam er zu dem Schluss, dass sie etwa in der Mitte Finnlands in der Einöde gelandet waren, ungefähr dort, wo sie ursprünglich auch hatten hinfliegen wollen.

»Es sieht so aus, als befänden wir uns etwa fünfzig Kilometer von Suomussalmi in Richtung Westen. ... Hyrynsalmi liegt südsüdöstlich und ist etwas näher. Bis zur Stadt Kajaani sind es von hier mindestens hundert Kilometer, nach Süden.«

Diese Standortbestimmung brachte den Piloten ins Grübeln. Er kontrollierte die Treibstoffreserven und verkündete dann die düstere Wahrheit: »Der Treibstoff reicht nicht für den Rückflug zu den Unseren nach Louhi. Wir müssen uns irgendwo Nachschub besorgen.«

Der Tank und die letzten Kanister enthielten nur so viel, wie für zwölf Minuten Flug ausreichte, womit sich mit knapper Not eine Strecke von hundert Kilometern bewältigen ließe.

Kunitsin begriff, dass die Flucht an den Bottnischen Meerbusen diese Situation verursacht hatte.

»Ich muss also für eine Weile hier bleiben«, entschied Savolenko.

Kunitsin begann einen kurzen Rapport über die Ereignisse zu schreiben. Er verschlüsselte ihn und hantierte dann an seinem Funkgerät. Der Frost hatte sich nach Sonnenaufgang abgeschwächt, aber das Gerät mit bloßen Händen zu bedienen, tat ordentlich weh. Kunitsin warf das Kabel nach oben in die Baumzweige und sendete seine Botschaft:

»Luftkampf in Kajaani. Am Bottnischen Meerbusen gewesen. Jetzt am Ziel. Treibstoff ausgegangen. Pilot bleibt hier, bis Treibstofffrage gelöst. Fallschirmjägeraktivitäten starten laut Plan. Es lebe Lenin! Kunitsin und Savolenko.«

Kunitsin wartete eine ganze Weile auf eine Empfangsbestätigung, aber die kam nicht. Anscheinend war die Entfernung nach Louhi und zum Stab der 186. Division zu groß. Kunitsin packte das Gerät wieder in die Kiste und vergrub diese im Schnee. Das Manuskript des verschlüsselten Berichts wollte er ins Feuer werfen, aber Savolenko schnappte sich das Papier, zerriss es in kleine Schnipsel, um sich Zigaretten daraus zu drehen, und sagte: »Man soll nichts verschwenden. Wie es aussieht, bin ich jetzt ebenfalls Fallschirmjäger.«

Kurz darauf, nachdem er eine starke Mahorka geraucht hatte, äußerte Savolenko ernst: »So ist es also gekommen.«

Jetzt hatten die Männer nicht mehr die geringste Eile. Sie lagen am Feuer, das Wetter war günstig, Frost nur mehr um die zehn Grad, es war ruhig und sonnig. Die Gegend rings um das Lager war vollkommen einsam und abgeschieden. Vorn erstreckte sich das große Moor, dahinter erhob sich ein reifbedeckter Berg. Obwohl die Luft klar war, war aus Richtung der Front kein Artilleriedonner zu hören. Die beiden Männer befanden sich so tief im Feindesland, dass nicht mal das Dröhnen der schweren Geschütze bis zu ihnen drang. Möglich war natürlich auch, dass es gerade zu diesem Zeitpunkt ruhig war an der Front.

»Wir brauchen ein besseres Lager«, entschied Savolenko. Er ging in den Wald, fällte ein paar junge Fichten, schnitt die dichtesten Zweige ab und brachte sie zum Feuer. Dann trampelte er eine große Grube in den Schnee und bedeckte ihren Boden mit einer dicken Schicht Reisig. Oben über der Grube flocht er ein dichtes Reisigdach, schuf eine Art Unterstand, in dem zwei Männer und ihre Rucksäcke gut Platz hatten. Als er damit fertig war, ging er ins Moor und fällte etliche abgestorbene, vertrocknete Kiefern. Mit Kunitsins Hilfe schleifte er die Bäume zum Lager und schichtete sie für ein gutes Feuer auf.

Man sah, dass Savolenko die Fertigkeiten beherrschte, die in der Wildnis erforderlich waren: Er stellte die Stämme für ein Schichtfeuer zusammen, drei, vier dicke Stämme, in der Länge etwa zwei und einen halben Meter, kamen überlappend aufeinander, dann schnitt er aus einer feuchten Birke zwei Querhölzer, die er obendrauf legte, und auf diese kamen dann nochmals drei Kiefern. Zwischen diesen Hölzern machte er Feuer. Die Flammen leckten an den grauen Kiefernstämmen, das Feuer erfasste den ganzen Stapel, ein Feuer mit kurzen Flammen, das in seiner ganzen Ausdehnung für Wärme im Unterstand sorgte. Als alle oberen Hölzer brannten, stieß Savolenko eines von ihnen hinunter in den Schnee, es zischte auf und erlosch. Kunitsin erkundigte sich nach dem Sinn der Maßnahme, und Savolenko erklärte:

»Besser ist, das Feuer lodert nicht so stark, nachher in der Nacht kann das Holz wieder zurück auf den Stapel.«

Im Unterstand war es gemütlich warm. Die Männer konnten ihre Mäntel ausziehen und als Unterlage benutzen, dann spielten sie Schach.

Beim Spiel erzählte Savolenko mit leiser Stimme von sich und seinem Leben als Pilot der Roten Armee. Wie sich herausstellte, hatte er seine Flugausbildung auf der Krim erhalten, und als der Konflikt mit Finnland ausgebrochen war, hatte er daran teilgenommen, hatte einige Bombenangriffe auf Helsinki und Turku geflogen. Und als dann die Deutschen diesen neuen Krieg begonnen hatten, war Savolenko in Väinäjoki in die Kämpfe hineingeraten und abgeschossen worden.

»Genosse Kunitsin … es war unglaublich anstrengend, sich von dort wieder zu den Unseren durchzuschlagen … nachts musste ich mich immer irgendwo verstecken, in Kohlmieten, Heuschobern, ständig galt es, auf der Hut zu sein. Brot bekam ich nur, wenn ich es stahl, viele Tage lang irrte ich dort herum, bis es mir gelang, wieder zurückzukommen. Die Deutschen setzten der Zivilbevölkerung arg zu, zündeten ihre Häuser an und machten alles, was ihnen sonst noch an Bosheiten einfiel.«

Nach seiner Rettung aus Väinäjoki hatte Savolenko an der Leningrader Front Dienst geleistet, war zum Leutnant befördert worden, denn er hatte zahlreiche feindliche Maschinen heruntergeholt. Und jetzt war es seine Aufgabe, einen neuen Flugzeugtyp zu testen, dieses zweisitzige Iljuschin-Schlachtflugzeug. Die Luftwaffe der Roten Armee wusste diesen jungen Mann und seine Fähigkeiten zu schätzen.

Doch Savolenko war beunruhigt wegen des Schicksals seiner Frau:

»Wie mag es nur um Ludenka stehen, Hitlers Truppen nehmen Moskau mächtig in die Zange ... aber was rede ich ständig von mir, erzähl du mal zur Abwechslung! Du bist ein Ingermanländer, ein Mann mit finnischem Blut, was hat dich nach Russland verschlagen?«

»Ingermanland war schon vor dem Großen Nordischen Krieg besiedelt«, erzählte Kunitsin. »Dann fiel es an Russland, auch in unser Dorf kam eine neue Obrigkeit. Wir wurden richtige Leibeigene, die Kaiser haben uns schwer gepeinigt, schickten uns Gutsherren mehr als genug ... erst im letzten Jahrhundert lockerte sich dieses harte Regime ein wenig, aber die Freiheit erlangten wir erst, als der letzte Zar gestürzt wurde und die Sowjets die ganze Macht übernahmen.«

Kunitsin starrte in das wärmende Feuer draußen vor dem Unterstand, schürte es mit einem Stock, äußerte dann ernst:

»Der letzte Zar war mächtig grausam, er musste einfach weg.«

»Ja, grausam, mächtig grausam«, bestätigte Savolenko, ohne den Blick vom Schachbrett zu heben.

Kunitsin erzählte, wie es gewesen war, als die Finnen und nach Ausbruch dieses neuen Krieges auch die Deutschen in ihr Dorf kamen:

»Sie töteten so viele der Unseren. Wo mögen die Letzten geblieben sein? Vom Krieg zerrieben, das Volk von Ingermanland …«
Nach der Schachpartie bereiteten sich die Männer eine einfache Mahlzeit zu, und als sie die verzehrt hatten, blieben sie einfach im Unterstand liegen, bis es Abend wurde. Wieder zeigte sich der Mond, diesmal hinter einem dunstigen Schleier. Kunitsin band seine Skier vom Fahrgestell des Flugzeugs los, warf sich den Rucksack auf den Rücken, nahm das Gewehr und sagte zu Savolenko:
»Ich werde ein bisschen Ski laufen. Vielleicht finde ich sogar irgendein Dorf.«
»Sei bloß vorsichtig, lieber Vaska, und führ keine Kämpfe«, warnte der Pilot den Gefährten, der auf seinen Skiern über das Moor glitt und in der winterlichen Dunkelheit verschwand.

6

Gut zwei oder drei Stunden lang lief Kunitsin über Moore und Seen. Zwischendurch kontrollierte er die Richtung mit dem Kompass, im Mondlicht war die Skala deutlich zu erkennen. Schmalere Bachläufe mit Sträuchern mied er, dort kam man auf Skiern schlecht vorwärts, und sie waren dunkel, weil das Mondlicht nicht durchs Dickicht drang.

Irgendwann stieß Kunitsin auf die Spuren einer großen Katze.

»Sieh da, ein Luchs. Na, mein Freund? Auf Beutezug, genau wie ich.«

Er hatte schon vor umzukehren, als er ganz in der Nähe einen Hund bellen hörte. Wer weiß, warum er bellte, der Gute, wohl aus Einsamkeit. Außerordentlich vorsichtig näherte der Fallschirmjäger sich dem Laut. Er sah einen ausgeschlafenen, nachtaktiven Hund, der jemanden anbellte, allerdings nicht Kunitsin. Saß im Baum ein Eichhörnchen? Oder sprach der Hund einfach ins Blaue hinein? Kunitsin pfiff leise, und verdutzt verstummte der Hund sofort, drehte sich zu der Stimme um, musterte den Wanderer.

»Bleib ganz ruhig, mein Lieber … ich bin's nur, ein magerer Mann, ein Kamerad …«

Der Hund kam, um Kunitsin zu beschnuppern. Der streichelte den lebhaften Kopf, und der Hund winselte zufrieden. Dann drehte er sich um und lief in seiner Spur zurück, zeigte den Weg zu seinem Zuhause. Immer wieder drehte er sich nach dem Mann um, wedelte mit dem Schwanz und grinste so sehr, dass sich das Fell um die Schnauze kräuselte.

Der Hund führte den Fallschirmjäger auf den Hof einer grauen, im tiefen Schnee begrabenen Kate. Gegenüber dem Wohnhaus stand der Kuhstall, etwas weiter entfernt Sauna und Scheune. Das Anwesen war von hohen, schneebedeckten Bäumen umringt und so komplett vom Wald verdeckt.

Kunitsin kraulte den Hund hinter dem Ohr, der jaulte vor Wohlbehagen, drehte sich wie ein Kreisel, sprang dann den Mann an und leckte ihm das Gesicht. Kunitsin schnallte die Skier ab, stellte das Gewehr aufrecht in den Schnee und sah sich im Hof genauer um. Hinter der Gardine versteckt lugte er in die Stube. Dort wurde geschlafen. Das schwache Mondlicht bildete auf dem Fußboden ein Quadrat in der Form des Fensters. Ganz hinten stand ein Bett, in dem eine Frau schlief, ein kräftiger Schenkel lag nackt auf der heruntergerutschten Decke. An der gegenüberliegenden Seite des Raumes schliefen zwei Kinder. Männer gab es hier nicht.

Im Stall zeichneten sich schemenhaft zwei Kühe ab, Pferde waren nicht zu sehen. Ein großer Wasserschlitten lehnte im Kuhstall an der Wand, anscheinend benutzte die Frau ihn für sämtliche Transporte, die in der Wirtschaft anfielen. Das Mannsvolk des Hauses war natürlich im Krieg, sagte sich Kunitsin:

»Vielleicht belagert der Hausherr gerade Leningrad? Dabei hätte der Kerl hier wahrlich Besseres zu tun, so ärmlich, wie alles aussieht. Aber ein Arbeiter verfolgt den anderen, der weiße General Mannerheim zwingt sie dazu …«

In der Kellergrube lagen nur wenige Kartoffeln, aber Steckrüben dafür umso mehr. Die Kartoffeln rührte Kunitsin nicht an, da alles im Haus so furchtbar ärmlich wirkte, dafür stopfte er sich den Rucksack mit den Steckrüben voll. Aus der Scheune holte er sich ein Armvoll Heu und wickelte es um die Rüben, um sie vor Frost zu schützen. Die Kartoffelkiste war mit Zeitungen bedeckt. Kunitsin nahm sich einige Exemplare mit.

»Dann haben wir etwas zu lesen im Lager.«

Eigentlich aber suchte er nach Skiern für seinen Kameraden.

Der Hund lag vor der Eingangstür des Hauses in seiner mit Heu gefüllten Kiste. Kunitsin war ihm bereits vertraut, und so schlug er nicht an, obwohl der Fallschirmjäger auf den Dachboden kletterte.

Dort oben lagerte allerlei Sommerware: Fischernetze, Harken, eine Sense, Bottiche. Aber dort fand Kunitsin auch Skier, lang wie seine eigenen, für einen Mann gemacht und gut in Schuss. Die Dinger hatte den ganzen Winter über niemand benutzt, das sah man. Kunitsin warf sie durch die Dachluke im hohen Bogen hinaus in den weichen Schnee. Mit den Skistöcken unter dem Arm kletterte er auf der Stiege nach unten und trat wieder ins Freie. Draußen vor der Tür griff er sich den Besen und beseitigte damit seine Spuren, so gut es ging.

Anschließend sammelte er seine Sachen zusammen: Den Rucksack hängte er sich auf die Brust, das Gewehr über den Rücken, Skier und Stöcke nahm er auf die Schulter. Schwer war seine Last, als er sich auf den Weg machte. Der Hund kam aus seiner Heukiste, um ihn zu begleiten, folgte ihm über viele Kilometer. Schließlich blieb er stehen, bellte ein paar Mal traurig und lief nach Hause.

Der Mond hatte sich hinter einer Wolke versteckt, Wind war

aufgekommen. Es war bereits früher Morgen, und auf den offenen Flächen verwehte nach und nach das Schneegestöber Kunitsins alte Spur. Der schneidend kalte Wind ließ den Schweiß auf seinem Gesicht gefrieren, die Last war schwer, er hätte sich gern ausgeruht, aber er wusste, dass man, wenn man sich frierend in den Schnee setzt, vielleicht nicht mehr aufsteht. Seine Spur vom Hinweg verschwand, er versuchte, mithilfe des Kompasses wieder zum Lager zu finden. Hatte er sich verirrt? Der Morgen graute bereits, aber die Umgebung war ihm immer noch fremd, er musste jetzt unbedingt Ruhe bewahren, wenn er wieder zurückfinden wollte.

Äußerst erschöpft erreichte Kunitsin endlich jenes große Moor, und am Ufer gegenüber befand sich das Lager. In starkem Schneetreiben kämpfte er sich hinüber, zurück ins Lager, wo Leutnant Savolenko am Feuer mit den Kochtöpfen hantierte. Kunitsin setzte seine schwere Last ab.

»Ich habe dir Skier mitgebracht, probier mal, ob sie passen.«

Erfreut probierte der Pilot die Skier aus, er fand sie ausgezeichnet, lobte seinen Gefährten:

»Vaska, mein Freund! Ein Paar prima Skier hast du mir da gebracht, wirklich vorzüglich!«

Kunitsin vergrub die Steckrüben tief im Schnee, damit sie nicht erfroren. Dann aß er mit gutem Appetit die Fischkonservensuppe, die der Pilot gekocht hatte, sie wärmte und stärkte, sorgte für ein schön entspanntes Gefühl. Kunitsin wurde von der Müdigkeit übermannt, sodass er gar nichts mehr von seinem Ausflug erzählte, sondern sich auf dem Reisig ausstreckte, die Augen schloss und einschlief.

»Ich schüre das Feuer und halte Wache, schlaf dich erst mal aus«, sagte Savolenko zu seinem Gefährten, der bereits schlief.

7

Am Nachmittag erwachte Kunitsin von einem heftigen Hungergefühl. Um das Feuer schwebte ein anregender Essensgeruch: Savolenko hatte ein wirklich leckeres Mahl zubereitet. Er hatte einige der von Kunitsin mitgebrachten Steckrüben geschält und gekocht, und die Suppe enthielt außerdem eindeutig Fleisch! Kunitsin staunte über diese Delikatesse, Fleisch hatte er den ganzen Winter über nicht gegessen.

»Ich habe einen Auerhahn geschossen, mein Bruder.«

Savolenko hatte den Vogel gerupft und einen Teil des Fleisches für die nächste Mahlzeit aufbewahrt. Aber einen großen Teil hatte er für diese Steckrübensuppe geopfert, die dermaßen nach reichhaltigem, fettem Wild und üppigem Sommeracker duftete, dass Kunitsin kaum seine Rührung verbergen konnte. Ihm stiegen Tränen in die Augen, als er zu essen begann. Mit zitternden Händen führte er einen Löffel nach dem anderen an seinen hungrigen Mund, der Adamsapfel an seinem Hals glitt im Takt des Schluckens auf und ab, oh wie herrlich nahrhaft war diese kräftige Wildsuppe für den vom Hunger ausgezehrten Menschen.

»Du bist ein großartiger Koch«, lobte Kunitsin den Piloten. Mehr brachte er nicht heraus, denn ihm versagte die Stimme.

Nach dem üppigen Essen verspürte Kunitsin ein lähmendes Schlafbedürfnis, er streckte sich auf dem Reisig aus und schlief äußerst glücklich ein. Zum ersten Mal während dieses ganzen Krieges hatte er einen vollen Bauch.

Morgens beim Aufwachen war Kunitsin wieder munter und bei Kräften. Es war der achte März, die Wetterverhältnisse die allerbesten, die Kälte hatte nachgelassen: Das Thermometer am Armaturenbrett der Sturmovik zeigte nur vier Grad Frost an. Ein sanfter Westwind säuselte im Fichtenwald, von den Bäumen fielen hin und wieder schwere Schneeklumpen klatschend auf die Erde.

Kunitsin holte die Zeitungen aus dem Rucksack, mit denen die Leute im Katen ihre Kartoffeln zugedeckt hatten, damit diese in der Kellergrube nicht erfroren. Die Zeitungen waren nicht ganz frisch, aber trotzdem war es interessant, sie zu lesen. Savolenko legte Holz im Feuer nach und gesellte sich dann zu seinem Gefährten, um zu lauschen, als dieser die *Kaleva* ins Russische zu übersetzen begann.

»Dies ist die *Kaleva,* Echo des Volkes aus Oulu und aus den Bezirken Oulu und Lappland.«

In der Ausgabe vom 4. Februar stand ein Artikel, der beide Männer wütend machte und in dem behauptet wurde: »Die Einwohner von St. Petersburg warten nur auf den Moment, da die Deutschen die Stadt einnehmen.«

In der finnischen Kriegspropaganda wurde für Leningrad also der alte Name aus der Zarenzeit benutzt. Am meisten aber beleidigte die Männer jene Behauptung, nach der man in ihrer Heimatstadt auf die Eroberung durch die Deutschen angeblich regelrecht wartete. Savolenko knurrte:

»Mit aller Kraft wird dort gegen Hitlers Truppen gekämpft, Tag und Nacht.«

In dem Artikel hieß es weiter, dass in Leningrad »sogar das Wasser rationiert« sei. Über die Hungersnot wusste man also auch hier in Finnland Bescheid. Insgesamt aber, so fanden die Männer, wurde die Stimmung sehr verfälscht wiedergegeben. »Es herrscht die weit verbreitete Überzeugung, dass die Deutschen schon bald die Stadt erobern werden, und diesen Moment sehnen viele als lebensrettend herbei.« Das machte Kunitsin wütend:

»Nein, diese Halunken! Alle Deutschen würden töten, wenn man sie in die Stadt ließe!«

»Hitlers Leute kennt man ja, in Väinäjoki zum Beispiel hängten sie Menschen an Telefonmasten auf, einfach aus Spaß, ohne Grund, kilometerlang hingen sie da ...«

Kunitsin studierte gerade einen Text auf der Titelseite der Zeitung. Dort war die Rede abgedruckt, die der finnische Staatspräsident Risto Ryti bei der Eröffnung des Reichstags gehalten hatte.

»Übersetz mal, was der grausame Ryti gesagt hat«, forderte Savolenko ihn auf.

»Stalins Bestrebungen hinsichtlich Finnlands kann man ohne Gefahr eines Irrtums voraussehen ...«, sagt er und tadelt den Engländer Eden, von dem er meint, dass der »anscheinend nichts zu Stalins Programm zu bemerken gehabt hat.«

»Eden ist ein vernünftiger Kapitalist«, erklärte Savolenko.

Die zweite Nummer der Zeitung stammte vom 13. Februar. Kunitsin las daraus einen Bericht vor, in dem es darum ging, dass in der Stadt Kemi jemand für den Schwarzhandel mit Lebensmitteln zu zwei Jahren Zuchthaus verurteilt worden war. Zufrieden konstatierten die Männer, dass nun die Finnen und die Deutschen selber in eine Situation geraten waren, in der das Brot knapp zu werden begann.

»Denen tut der Hunger auch mal gut, wir haben schließlich schon lange genug damit zu tun«, fand Kunitsin.

Als sie beide Blätter von vorn bis hinten durchgelesen hatten, meinte Savolenko:
»Es wäre doch großartig, wenn man diese Zeitung irgendwie hierherbestellen könnte, dann könnten wir uns darüber informieren, was beim Feind so los ist.«
Kunitsin nannte ihm die Preise fürs Abonnement: ganzjährig 160 Mark, halbjährig 85 Mark, vierteljährig 45 Mark.
»Ich habe ja einiges an finnischem Geld bei mir, aber wie willst du hier in den Wald eine Zeitung bestellen, zu den Bäumen? Auf welchen Namen, in welchen Bezirk?«
Den größten Nutzen boten die beiden Zeitungen den Männern jedoch durch die auf der Rückseite vermerkte Adresse des Abonnenten. Die Zeitung war bestellt worden von einer gewissen Aune Lämsä, und die Anschrift lautete Puolanka, Ala-Näljänkä.
Kunitsin holte seine Karten hervor. War dort ein Dorf Ala-Näljänkä eingetragen? Fieberhaft suchte er, und tatsächlich, da war es!

Jetzt kannten die Männer ungefähr ihren Standort. Da Kunitsin seine Skitour nach Norden gemacht hatte, konnte er das Lager fast präzise in der Karte einzeichnen. Seine Karte war recht allgemein gehalten, Geländeprofile enthielt sie gar nicht, nur die größten Landstraßen und Dörfer. Aber die Entfernungen konnte man dennoch berechnen. Ihrem jetzigen Lager am nächsten lag die Bahnstation Hyrynsalmi, was für die Männer insofern interessant war, als Savolenko neue Kleidung benötigte, entweder eine finnische oder eine deutsche Uniform. In der Ausstattung eines Piloten der Roten Armee würde man ihn sofort als Fallschirmjäger entlarven, der er ja auch war, und ihn erschießen.

Aber zuallererst musste der Kontakt zur 186. Division hergestellt werden, die bei Louhi kämpfte.
»Sonst denken sie womöglich, wir sind abgeschossen worden«, sinnierte Savolenko. »Hol doch dein Funkgerät wieder raus, wir könnten ja drüben auf den Berg steigen, dort oben haben wir vielleicht eine Verbindung.«
Zusammen mit der Transportkiste wog Kunitsins Funkgerät gut sechzig Kilo. Seine Energiequelle war eine Handkurbel, die statt eines Akkus den Generator drehte. Die Männer beschlossen, dass Savolenko die Kurbel drehen sollte, während Kunitsin funkte. Sie hängten das Gerät in eine lange Tasche, die sie auf die Schulter nahmen, dann liefen sie los. Unter der schweren Last versanken die Skier tief im Schnee.
Savolenko war ein recht schlechter Skiläufer, eigentlich konnte er gar nicht Ski laufen. So gut es also ging, staksten sie quer über das große Moor, hinter dem der hohe Berg aufragte. Aber sowie sie in den Wald kamen, begannen die Schwierigkeiten: Savolenko glitten die Skier weg, immer wieder fiel er in den Schnee, auch das Funkgerät versank mit ihm, und bald, als der Aufstieg begann, musste er ganz auf die Skier verzichten. Savolenko nahm das Funkgerät auf den Rücken und stapfte im tiefen Schnee den Hang hinauf. Kunitsin lief auf Skiern vorweg und suchte nach einem geeigneten Weg für den Piloten, der sich schwitzend durch die tiefen Schneewehen arbeitete.
Zwischendurch ruhten sie aus. Savolenko rauchte schweigend Mahorka, wischte sich den Schweiß ab, seine Hände zitterten vor Anstrengung. Dann schleppte er seine schwere Last weiter, immer höher und höher hinauf. Kunitsin schlug vor, dass er zur Abwechslung das Gerät tragen könnte, aber Savolenko gab es ihm nicht, nahm wohl an, dass der kleine

Mann den schweren Apparat gar nicht erst auf den Rücken bekäme.

So gelangten sie auf die Spitze des Bergs, ein fast baumloses Plateau, wo ein milder Frühlingswind dem müden Piloten das Gesicht fächelte. Savolenko setzte das Funkgerät ab und sagte:

»Da ist das Signal, los, funk jetzt!«

Kunitsin formulierte eine verschlüsselte Nachricht, und als er fertig war, bat er seinen Gefährten, den Generator anzukurbeln. Savolenko brachte sich in eine stabile Position und begann, an dem Gerät zu kurbeln, es surrte schwach, so wie ein Separator, er drehte schneller, und dadurch entstand Strom zum Funken.

»Nun funk schon, ich kurble nicht umsonst!«

Kunitsin warf die Antenne auf eine schlanke Fichte und machte sich ans Absenden der Nachricht. Er meldete dem Stab der 186. Division seinen Standort und berichtete kurz, wie sie beide dort hingeraten waren. Den Treibstoffmangel meldete er ebenfalls und bat um Anweisungen. Und schließlich erzählte er auch noch von der Stimmung unter den Finnen, indem er die *Kaleva* zitierte, ohne die Quelle zu nennen. Als die Botschaft eingetippt war, wartete er mit aufgesetzten Kopfhörern. Savolenko kurbelte die ganze Zeit, wobei er aufpasste, dass er keine unnötigen Geräusche verursachte. Es verging ziemlich viel Zeit, ohne dass eine Antwort kam.

Savolenko blickte auf den Berghang, wo seine Spuren vom Aufstieg als ein sich schlängelnder Pfad zu sehen waren.

»Ein zweites Mal schleppe ich das Ding nicht hierher.«

»Psst, nicht sprechen. Ich höre jetzt etwas«, zischte Kunitsin und machte sich Notizen auf seinem Zettel. Als die Nachricht in Klarsprache übertragen war, erwies sie sich als

Empfangsbestätigung. Bald bekam Kunitsin die eigentliche Antwort:

»Beginnen Sie mit den Fallschirmjägeraktivitäten laut Plan. Das Flugzeug ist zu sprengen, falls es entdeckt wird. Besorgen Sie Treibstoff und kehren Sie dann nach Louhi zurück. Ende.«

»Das war ja ein klägliches Gepiepse, aber ich habe es trotzdem verstanden. Es hat sich gelohnt, nach hier oben zu kommen«, sagte Kunitsin.

Jetzt stand ihnen der Rückweg bevor. Savolenko hievte sich das Funkgerät wieder auf die Schulter. Aber Kunitsin schlug vor, dass er es auch auf die Knie nehmen und damit nach unten rutschen könnte, er hatte schließlich Skier unter den Füßen. Misstrauisch willigte Savolenko ein, setzte Kunitsin das Funkgerät in den Schoß, nahm dessen Skistöcke an sich und machte sich in seiner alten Spur auf den Weg nach unten.

Vorsichtig gab Kunitsin seinen Skiern einen Stoß. Anfangs klappte alles gut. Er rief Savolenko schon zu:

»Sieh mal, wie flott das geht!«

Kunitsin überholte seinen Gefährten, das Tempo steigerte sich, der schwere Gegenstand auf dem Schoß riss den schmächtigen Slalomfahrer in einer irrsinnigen Rutschpartie dem Wald entgegen, der den Hang unten einrahmte, die Geschwindigkeit war zu hoch, um zu bremsen, und mit lautem Krachen verschwand der kleine Mann in den Tiefen des Waldes. Savolenko hörte einen Schrei, lautes Knallen, und dann wurde es still am Hang.

Unruhig lief Savolenko hin, um nachzuschauen, wie es seinem Gefährten ergangen war. Am Waldrand fand er einen von Kunitsins Skiern, in dessen Bindung noch ein Stiefel steckte. Er nahm beides an sich und lief weiter hinunter.

Mit nur einem Ski war Kunitsin noch einige Dutzend Meter weiter nach unten gerauscht, war auf die Bäume getroffen und lag jetzt, über und über mit Schnee bedeckt, zwischen den Fichten. Savolenko befreite den schlaffen Körper seines Gefährten aus der Umarmung des Schnees. Kunitsin sah ziemlich lädiert aus, ohne Mütze und Handschuhe, ohne Funkgerät, hinter dem Ohr floss Blut hervor, und das Kinn war wund. Er war ohne Bewusstsein.

Savolenko legte ihn auf die Skier, lockerte seinen Kragen, befühlte die Knochen. Er befreite den nackten Fuß vom Schnee und zog ihm den Strumpf und anschließend den Stiefel an. Nach und nach kam der Mann zu sich, öffnete die müden Augen, sorgte sich um das Funkgerät:

»Wo ist das Gerät ... ist es kaputt?«

Kunitsin setzte sich auf, wobei er sich den Kopf hielt, sein Bewusstsein wurde klarer, er schaffte es jetzt sogar, sich auf die Beine zu stellen, Knochen waren nicht gebrochen, aber es sauste in den Ohren, und der Kopf schmerzte. Jetzt galt es allerdings, zuallererst, das Funkgerät zu suchen.

Die schwere Kiste war etliche Meter weiter hinuntergerutscht und tief im Schnee stecken geblieben. Die Männer gruben sie aus, öffneten sie und probierten, ob das Gerät noch funktionierte, und bei genauem Hinhören konnte Kunitsin in den Kopfhörern ein unbekanntes Telegrafiergeräusch vernehmen.

»Im Kopf rauscht es, aber hier in den Kopfhörern ist ebenfalls ein Piepsen zu hören«, sagte Kunitsin. »Horch du doch mal, deine Ohren rauschen nicht, ich werde kurbeln.«

Kunitsin trieb den Generator an, und Savolenko lauschte. Er sagte nur ja, das Gerät sei in Ordnung, man höre Telegrafiergeräusche.

Die Männer packten das Gerät wieder in seine Kiste. Kunitsin stellte sich auf die Skier, Savolenko nahm das Funkgerät auf den Rücken und stapfte den Hang hinab. Sehr vorsichtig glitt Kunitsin über die restliche Wegstrecke bis nach unten ins Moor, wo er stehen blieb und auf seinen Gefährten wartete. Schwer keuchend erschien Savolenko und pausierte für die Länge einer Mahorka, ehe beide das letzte Stück Weg ins Lager gemeinsam bewältigten. Dort angekommen, legte sich Kunitsin hin. Ermattet sagte er:

»Ich muss erst wieder einen klaren Kopf bekommen, habe immer noch dieses laute Klingeln im Ohr.«

8

Während Kunitsin schlief, nutzte Savolenko die Zeit, um die Kunst des Skilaufens zu üben. Er legte eine Trainingsloipe an, die mehrere Kilometer lang war und bis ans Moor führte, und dort lief er mit dem Gewehr auf dem Rücken hin und her. Anstrengend fand er das Skilaufen, auch eintönig, aber er wusste, dass das Üben unerlässlich war: In dieser Einöde reichten Flugkünste allein nicht aus, man musste Skilaufen können, und zwar gut. Am Abend kehrte Savolenko ins Lager zurück, machte zum Abendessen Auerhahnsuppe und weckte seinen Gefährten:

»Steh auf, lieber Vaska, du Abfahrtspezialist ... das Essen ist fertig.«

Kunitsin rieb sich die Augen, richtete sich im Unterstand auf.

»Was macht dein Kopf? Hast du noch das Klingeln im Ohr?«, fragte Savolenko besorgt.

»Es gibt sich allmählich ...«

Kunitsin aß die Suppe mit Appetit. Nach der Mahlzeit gingen die Männer ins Moor, fällten ein paar abgestorbene Kiefern und trugen sie zum Feuer, als Vorrat für die Nacht. Vor dem Schlafen spielten sie eine Partie Schach, Kunitsin gewann. Savolenko murmelte:

»Scheint ja wieder stabil, dein Kopf ... du hast besser gespielt als letztes Mal.«

Eine ganze Woche lang führten die Männer ihr Lagerleben: Sie jagten, und Savolenko trainierte eifrig das Skilaufen. Wild gab es in dieser Gegend reichlich: Auerhähne, Birkhühner, auch Hasen sah man im Wald herumhoppeln. Kunitsin lief auf Skiern und mit dem Gewehr auf dem Rücken durch den Ödwald, der das Lager umgab, holte Vögel von den Bäumen herunter, und jedes Mal, wenn er abends zurückkam, brachte er reichlich Beute mit. Die Männer ließen den Suppenkessel über dem Feuer brodeln, sie aßen Fleisch, ohne zu sparen, und wurden zusehends fülliger und kräftiger, besonders Kunitsin, in dessen Gesicht das Vogelfett die vom Krieg verursachten Falten glättete und dessen Stimmung sich im Zuge der körperlichen Kräftigung immer weiter aufhellte: Von Zeit zu Zeit schallte das fröhliche Lachen des kleinen Fallschirmjägers durchs Lager, wenn er seinem steiferen Gefährten etwas erklärte.
Leutnant Savolenko trainierte unermüdlich Langlauf, sein Ziel war sowohl die technische Vervollkommnung als auch ein hohes Tempo. In beiden Disziplinen wurde er von Tag zu Tag besser, er stürzte selbst bei der steilsten Abfahrt nicht mehr und geriet auch nicht außer Atem, selbst wenn er seine Trainingsstrecke ohne Unterbrechung von Anfang bis Ende durchlief. Sein besonderer Stil zeichnete sich durch eine auffallende, von weit greifenden Stockbewegungen diktierte Art zu laufen aus. Er hielt den Körper weit vorgebeugt, wenn er durch die zu Mehl zerriebene Loipe hetzte. Manchmal hievte er sich Kunitsins Funkgerät auf den Rücken, um so seine Muskeln zu stärken. Nach diesen schweren Runden stellte er mit bleichem Gesicht das Funkgerät wieder in seine Kiste und lehnte sich eine ganze Weile auf seine Stöcke, ehe er Tee trank oder zur Zigarette griff.
Abends im Lager schmiedeten die Männer ihre Pläne. Sie

mussten nicht nur neue Kleidung für Savolenko beschaffen, sondern auch Treibstoff für das Flugzeug. Das müßige Dasein hier in der ruhigen Wildnis brachte keines der beiden Vorhaben voran, über kurz oder lang würden sie sich nach Hyrynsalmi aufmachen müssen. Einen genauen Plan konnten sie diesbezüglich noch nicht aufstellen, denn wie sollten sie wissen, was sie in der Ortschaft erwartete? Wäre es ihr Schicksal, erschossen zu werden? Womöglich würden sie gefangen genommen und zu Tode gefoltert? In solchen Momenten blickten sie nachdenklich ins nächtliche Dunkel, die Schneenacht des fremden Feindeslandes hielt sie umhüllt, sie waren zwei einsame Soldaten, unendlich weit weg von den eigenen Truppen, den eigenen Waffen und Divisionen … sie hatten nur einander und keinen weiteren Schutz. Wie doch der Krieg den Menschen prägte.

In solch einem Moment ertönte plötzlich aus dem bleichen nächtlichen Mondlicht heraus eine unheimliche Stimme, ein irres Krächzen.

Die beiden Männer sprangen von ihren Reisigbetten auf, griffen nach den Waffen und starrten ans andere Ufer des Moores, von wo die Stimme gekommen war. Nach einer Weile ertönte sie erneut, es war nicht recht auszumachen, ob sie von einem Menschen oder einem Tier stammte, von einem wahnsinnigen Menschen oder einer denkenden Kreatur. Erschrocken schnallten sich die Männer ihre Skier unter und liefen mit entsicherten Waffen leise über das Moor, um herauszufinden, was dort drüben in der Dunkelheit geschah.

Das wütende Geschrei ging weiter, es war, als hätten außer Kontrolle geratene Teufel einen Kampf begonnen: Zischendes, schrilles Kreischen war zu hören, Gejaule, Gekrächze.

Am Rande des Moors kämpften zwei brünstige Luchse,

männliche Tiere, und sie veranstalteten einen solchen Lärm, dass es die Männer gruselte, und obwohl sie sahen, worum es ging, mochten sie das Schauspiel nicht mit ansehen. Die blutigen Katzen hatten sich ineinander verbissen und balgten, dass der Schnee stob und sich ebenfalls blutig färbte. Der Brunstkampf der zwei großen Katzen im fahlen Mondlicht war feierlich grausam anzusehen, die Männer waren fasziniert und zugleich schockiert. Savolenko legte die Waffe an, aber Kunitsin hinderte ihn daran, die kämpfenden Luchse zu erschießen:

»Schieß nicht ... was sollen wir mit Luchsen ... schieß in den Himmel, vielleicht bringt sie das davon ab, einander zu kasteien.«

Savolenko ließ einen Schuss in die Luft krachen, und in derselben Sekunde stockte der Kampf im Schnee, beide Tiere rannten davon, ergriffen panisch die Flucht.

Die Männer liefen zum Kampfplatz, wo der Schnee auf einer Fläche von mehreren Ar zerwühlt war. Fellhaare der Tiere waren überall verstreut, und der blutige Platz ließ erkennen, dass jedes der Tiere darauf aus gewesen war, seinen Rivalen zu töten.

»Düster ist die Liebe der Katzen«, äußerte Savolenko, als er das alles sah.

Langsam liefen die Männer wieder zu ihrem Lager zurück, wo das Feuer gemütlich loderte. Savolenko schürte die Flammen, die beiden legten sich zum Schlafen nieder, blickten ins Dunkel der Nacht. Immer noch entsetzte sie das unerwartete Schauspiel der Wildnis, das sie im letzten Moment beendet hatten.

So verging eine Woche. Am 16. März, es war ein Montag, drehten die beiden Männer ihr Flugzeug, denn es hatte bisher getarnt in den Fichten und mit der Nase zum Wald dagestanden. Die Maschine war tief im Schnee versunken, und durch bloße menschliche Kraft ließ sie sich nicht von der Stelle bewegen. Savolenko fällte eine lange Fichte, aus der er eine Brechstange herstellte, die durch eine zweite, etwas kürzere Stange angehoben wurde. Das Ende der Stange stemmten die Männer gegen das Fahrgestell des Flugzeugs. Gemeinsam hoben sie die längere Stange an, bis sich die Maschine im Schnee bewegte. Stück für Stück drehten sie die Maschine herum, sodass sie mit der Nase aufs Moor zeigte und sich aus dieser Position wieder in die Lüfte erheben konnte.

Die beiden Männer bauten ihr Lager ab, verbrannten das Reisig im Feuer und beseitigten alle Spuren ihres Aufenthalts. Ihre Ausrüstungsgegenstände luden sie ins Cockpit. In ihre Rucksäcke packten sie ein wenig Proviant und Munition, dann warfen sie sich die Waffe über die Schulter und schnallten die Skier unter. Das Flugzeug stand jetzt bereit, sie zu retten, falls sie auf Skiern hierher fliehen mussten, sie brauchten nur die Skier am Fahrgestell zu befestigen und losfliegen. An Treibstoff war immerhin so viel vorhanden, dass es für eine kurze Fluchtstrecke reichte.

Die Skiläufer wandten sich nach Südosten. Savolenko bekreuzigte sich beim Aufbruch, aber als Kunitsin es bemerkte, murmelte er:

»Ich glaube an sich nicht an die Mutter Gottes, überhaupt nicht ... aber solch ein Ausflug zur Besorgung von Kleidern ist mir fremd. Du erwähnst es hoffentlich nicht in Leningrad?«

Der Leutnant war auf seinen Skiern jetzt schon recht flott unterwegs, der Anblick war eine Freude. Auch Kunitsin hatte keine diesbezüglichen Schwierigkeiten, er hatte etliche Kilo zugenommen. Auf ebener Strecke war er schnel-

ler unterwegs als sein Gefährte, aber wenn es darum ging, Berghänge hinunterzufahren, musste Kunitsin anerkennen, dass der Pilot das besser konnte als er selbst. Steile Abfahrten machten ihm keine Bange, aber er war ja auch Pilot.
Sie waren sich nicht sicher, wie lange sie laufen mussten, ehe sie die Bahnstrecke Kontiomäki-Hyrynsalmi erreichten, aber in Kürze sollten die Gleise auftauchen, und diese Erkenntnis genügte ihnen.
Die Sonne ging auf, sie ließ die bereiften Bäume glitzern, es herrschte ziemlich starker Frost. Ein paar Birkhühner flatterten vor den Männern auf, aber die verzichteten darauf zu schießen, denn das Geräusch der Schüsse könnte bei so klarer Luft bis in die Dörfer zu hören sein.
Nach ein paar Stunden Skiwanderung machten sich die Männer ein kleines Lagerfeuer und kochten Tee. Savolenko drehte sich aus dem Papier der *Kaleva* eine Mahorka. Kunitsin hackte einen Armvoll Brennholz und legte es am Feuer bereit, schnitzte ein Bündel Späne und riss zum Anzünden Rinde von den nahen Birken. Im Schnee versteckte er Proviant für den Rückweg. Selbst wenn sie es bei der Rückkehr sehr eilig hätten, bestünde immerhin die Möglichkeit, Tee zu kochen und zu essen, weil alles fertig war.
Sie liefen noch ein paar Stunden und erreichten dann, so wie sie es vermutet hatten, die Bahnstrecke. Kein Mensch war an der Strecke zu sehen, keine Geräusche von Zügen waren zu hören. Die Gegend wirkte einsam und verlassen, in welche Richtung sie auch blickten. Die beiden Männer waren mutig genug, bis an die Gleise zu laufen, dort schnallten sie die Skier ab und trugen sie, während sie zu Fuß an den Gleisen entlang nach Norden weitergingen, in Richtung Hyrynsalmi. Nach ein paar Kilometern machten die Schienen eine sanfte Biegung nach rechts. Die Männer

schnallten die Skier wieder an, verließen den Bahndamm, liefen in den Wald und dort weiter, der Bahnstrecke folgend. Über kurz oder lang mussten sie auf irgendeine Brücke oder einen kleinen Bahnhof stoßen, und an solchen Orten waren im Krieg Menschen, Soldaten, womöglich Deutsche? Savolenko, der Deutsch, aber kein Finnisch konnte, war der Meinung, dass zu ihm am besten eine deutsche Uniform passen würde. Wenn eine solche zu haben wäre, würde er sie nehmen.

Hinter der Kurve zeigte sich ein neuer Streckenabschnitt, und hier führten die Gleise über eine Brücke. Auf der Brücke standen zwei finnische Soldaten. Missmutig liefen sie dort in ihren langen Mänteln herum, die Gewehre hingen ihnen deprimiert über der Schulter.

Savolenko und Kunitsin liefen geräuschlos möglichst dicht heran, gruben sich in den Schnee, entsicherten die Waffen und beobachteten die Soldaten.

Savolenko flüsterte:

»Eigentlich haben wir gar nicht näher vereinbart, auf welche Weise wir den Soldaten die Kleidung wegnehmen …«

Kunitsin zeigte auf sein Halbautomatikgewehr, flüsterte als Antwort:

»Tja, wir müssen die beiden wohl erschießen, lebend können wir ihnen wohl kaum die Sachen ausziehen.«

Die beiden Wachposten unterhielten sich zum Zeitvertreib miteinander, der eine schlug ein kleines Geschäft vor:

»Hör mal, du kriegst zwei Schachteln Fennia, wenn du mir ein halbes Kilo Butter gibst.«

»Red keinen Blödsinn, Junge! Zwei Schachteln reichen nicht.«

Savolenko musterte die beiden durch den Feldstecher. Der eine Soldat war klein und dick, in den Vierzigern, der andere, der Händler, wiederum lang und dünn, mit gebeugter Haltung, obwohl er jünger war als sein Kumpan.

»Die Sachen von denen passen mir nicht«, urteilte Savolenko. »Außerdem sind sie Finnen.«

Zu Kunitsin gewandt sagte er:

»Der Kleinere hat einen ziemlich guten Mantel, besser als deiner. Wenn wir die Männer erschießen, dann kriegst du immerhin einen neuen Mantel. Vielleicht hat er auch gute Hosen, und auch noch eine Jacke unter dem Mantel?«

Der Gedanke an eine Erneuerung seiner Kleidung gefiel Kunitsin nicht.

»Wir sind zwar im Krieg ... aber ich finde es gemein, zwei Soldaten zu erschießen, nur weil sie bessere Sachen anhaben als ich«, erwiderte er. »Mir genügen meine völlig, bald kommt der Frühling, der Frost lässt nach ... sollen sie in Ruhe Wache schieben und weiter Kost verzehren.«

Eine Stunde später erreichte ein Pkw die Brücke. Ein deutscher Feldwebel stieg aus, ein großer Mann mit herrischer Stimme. Er kam offenbar, um die Posten zu kontrollieren und die Männer auszutauschen, denn von der anderen Seite der Bahntrasse kamen jetzt zwei andere finnische Soldaten, die den Platz der bisherigen Wachposten einnahmen. Diese wiederum gingen davon, auf das Gelände hinter der Bahntrasse, und als Savolenko ihren Weg mit dem Feldstecher verfolgte, sah er, dass dort im Wald ein kleines Gebäude stand, in dem die Wachposten anscheinend untergebracht waren.

Es war sofort zu sehen, dass die beiden neuen Soldaten auf der Brücke auch nicht besser als ihre Vorgänger für Savolenkos Zwecke geeignet waren. Verärgert seufzte er:

»Sollen sie doch mal richtige Männer herschicken, und nicht solches Kroppzeug.«

Kunitsin machte ihn darauf aufmerksam, dass ihm die Uniform des deutschen Feldwebels gut passen würde. Der Mann war, grob geschätzt, genauso groß wie Savolenko und hatte sogar ein bisschen Ähnlichkeit mit ihm, allerdings hatte er, anders als der Pilot, keinen Schnäuzer.

Kunitsin legte die Waffe an und nahm den deutschen Feldwebel ins Visier, Savolenko zielte auf einen der Finnen. Jetzt mussten sie nur alle drei Männer rasch erschießen, auf die Brücke rennen, dem Deutschen die Sachen ausziehen und verschwinden.

Auf der Brücke gab der deutsche Feldwebel den Wachposten irgendwelche Befehle.

»Was sagt er?«, wollte Kunitsin von Savolenko wissen.

»Er sagt, dass er in zwei Stunden wiederkommt und erneut die Posten austauscht.«

Die beiden Fallschirmjäger zielten zögernd weiter auf die Männer, keiner der beiden gab einen Schuss ab. Kunitsin wandte sich seinem Gefährten zu und fragte:

»Jetzt?«

»Gäbe es denn kein anderes Mittel ... das verursacht ja auch Aufsehen«, sagte Savolenko und sah seinen Gefährten an. Der senkte die Waffe, murmelte:

»Du bringst es nicht fertig zu schießen, hast Mitleid mit dem Feind?«

Savolenko senkte ebenfalls die Waffe, starrte auf die Soldaten auf der Brücke. Er gab keine Antwort. Der deutsche Feldwebel stieg in sein Auto, startete es und verließ die Brücke. Die finnischen Soldaten blieben auf ihrem Posten, lachten, einer wollte sich wohl aufwärmen und hüpfte herum, dass die Mantelschöße wehten.

»Hätten wir vorhin geschossen, würde der weiße Bandit da nicht so rumspringen«, sagte Kunitsin.

»Und warum hast du nicht geschossen?«, fauchte Savolenko. Er sicherte seine Waffe, erhob sich geräuschlos aus dem Schnee, stellte sich auf seine Bretter und lief tiefer in den Wald hinein. Nach kurzer Zeit hielt er an, um auf seinen Gefährten zu warten, der ihm folgte. Savolenko zündete sich eine Mahorka an, sog den Rauch tief ein und sagte schließlich:
»Mir fällt da ein, wir nehmen nur den Deutschen, er hat ja gesagt, dass er in zwei Stunden wiederkommt. Um die Zeit ist es noch hell genug, dass wir auf Skiern zurücklaufen können. Wir gehen zu der Straße drüben, warten da auf ihn, nehmen ihm das Zeug ab.«
Savolenko zeigte mit seinem Skistock in Richtung Hyrynsalmi. Kunitsin nickte, so war es wohl am besten.
»Dass wir den Feind nur ja nicht zu sehr verwöhnen«, sagte er zu seinem Gefährten, der langsam in Richtung der Straße lief. Savolenko drehte sich um und sagte:
»Wir müssen auch an den Zustand der Kleidungsstücke denken. Sie wären schließlich blutig geworden, hätten Einschusslöcher gehabt ... man hätte sie waschen und ausbessern müssen ... und wir haben keine Seife.«

9

Die beiden Fallschirmjäger warteten auf die Rückkehr des deutschen Feldwebels. Sie entwickelten einen Plan, wie sie dem Mann die Kleidung abnehmen würden, ohne einen Schuss abgeben zu müssen: Kunitsin, der eine finnische Militäruniform trug, würde das Auto anhalten und den Deutschen in ein Gespräch verwickeln. Savolenko würde ihn von hinten angreifen. So einfach war das.

Die beiden wählten eine geeignete Kurve aus, in der sich das Ganze am besten bewerkstelligen ließe. Beim Warten verzehrten sie ein wenig Proviant aus ihren Rucksäcken. Savolenko fertigte zum Zeitvertreib aus einem armdicken Birkenstamm eine handliche Keule, bestens dazu geeignet, dem Deutschen damit eins überzubraten und ihn ins Land der Träume zu schicken. Da er Zeit hatte, zückte er seinen Dolch und bearbeitete die Keule, er schnitzte sie zu einer zierlichen Waffe zurecht, gravierte russische Ornamentik in den Stiel, betrachtete immer wieder zufrieden sein Werk, hätte vermutlich das Ding von oben bis unten mit Schnitzereien versehen, wenn sich nicht von Hyrynsalmi her das Geräusch eines Personenwagens genähert hätte.

Kunitsin huschte rasch auf die Straße, Saavolenko blieb weiter im Schutz der verschneiten Bäume, mit der Keule in der Hand.

Der deutsche Feldwebel war pünktlich, seit seinem Aufbruch waren genau zwei Stunden vergangen. Kunitsin schwenkte die Hand als Zeichen zum Anhalten.

Der Wagen stoppte, und gereizt trat der Feldwebel auf die schneebedeckte Landstraße hinaus. Er redete mit seiner herrischen Stimme wütend auf Kunitsin ein, der seinerseits Finnisch mit ihm sprach.

»Herr Feldwebel! Ich hätte ein Anliegen an Sie, hören Sie mir kurz zu.«

Keiner verstand den anderen, sodass nichts geklärt werden konnte und sich der Wortwechsel hinzog, jedoch nicht bis ins Unendliche, denn Savolenko war auf die Straße gekommen und näherte sich dem Deutschen. Er hob seine schöne Keule und ließ sie auf den Schädel des Feldwebels niedersausen. Ein knackendes Geräusch war zu hören, der Mann fiel neben seinem Auto zu Boden.

Rasch zogen Kunitsin und Savolenko den Deutschen aus: Savolenko stützte den Bewusstlosen, Kunitsin öffnete seine Kleidung, zog ihm die Stiefel, den Mantel, das Hemd und die Hose aus. Dann legten sie ihn, nur mehr mit der Unterwäsche bekleidet, auf den Rücksitz seines Autos. Savolenko nahm die Kleidung des Feldwebels an sich.

»Wollen wir den Wagen anzünden?«, fragte er.

»Wäre es nicht schlauer, erst noch einzukaufen?«, schlug Kunitsin vor. »Du kannst bestimmt ein Auto fahren, wo du doch Pilot bist? Ich setze mich nach hinten auf die Rückbank, leiste dem Deutschen Gesellschaft.«

Savolenko holte die Sachen des Deutschen hervor, zog sie rasch an, steckte die eigenen weg und schwang sich ans Lenkrad.

»Wohin fahren wir?«, fragte er.

Kunitsin sagte ihm, dass er das Auto wenden und nach Hyrynsalmi zurückfahren solle, irgendwann würden sie dort

sicherlich auf einen Laden stoßen. Er machte sich daran, eine Liste aufzustellen von all den Dingen, die sie in ihrem jetzigen Leben als Fallschirmjäger dringend benötigten.
Ein Stück weiter hatte die Straße eine kleine Ausweichstelle, dort wendete Savolenko und fuhr dann in die Richtung zurück, aus der der deutsche Feldwebel vorhin zum Ort des Überfalls gekommen war.
»Jedenfalls hat der Kerl ein gutes Auto«, pries Savolenko den Wagen, der in einem rasanten Tempo durch die Schneelandschaft sauste.
Der Deutsche gab Lebenszeichen von sich. Kunitsin war so vertieft in seine Notizen, dass er zunächst nichts davon bemerkte, aber als der andere ihm mit der Hand nach der Kehle tastete, wurde er aufmerksam, unterbrach seine Arbeit, griff nach Savolenkos Keule und knallte sie dem Feldwebel auf die Stirn, sodass der wieder flach lag.
»Ist er tot?«, erkundigte sich Savolenko.
»Nö ... ich glaub nicht.«
Kunitsin las ihm die Einkaufsliste vor:
Brot
Mehl
Seife
Streichhölzer
Tabak
Salz
Zucker
Tee
Hefe
Pfeffer, Gelatine, Zimt

Savolenko bat ihn, auch Nadel und Faden zu besorgen, dann könnten sie ihre Ausrüstung flicken, die beim Leben am Lagerfeuer doch schnell verschliss.
Überraschend gelangten sie in ein kleines Dorf. Savolenko drosselte das Tempo, Kunitsin hielt durchs Fenster Ausschau nach einem Gemischtwarenladen. Und es gab ihn! Savolenko fuhr am Laden vorbei, hielt an und ließ Kunitsin für seine Einkäufe aussteigen.
Kunitsin trat ganz gelassen in den Laden. Der war, abgesehen von der Person des Kaufmanns, leer, und von Waren sah man auch kaum etwas. Der Fallschirmjäger reichte dem Kaufmann seine Liste, doch der schüttelte den Kopf und breitete die Hände aus.
»Ist nichts da, verehrter Soldat.«
Kunitsin holte das Portmonee aus der Tasche, zückte ein Bündel finnischer Geldscheine und schüttelte sie vor dem Kaufmann.
»Wir haben nur ganz wenig am Lager, ist alles mächtig teuer. Hast du Bezugsscheine?«
Für Kunitsin waren Bezugsscheine eine ganz neue Forderung. Er sagte, dass er auch ohne Scheine gut für seine Einkäufe bezahlen würde, Hauptsache, er bekäme die Ware.
Als der Kaufmann sah, dass Kunitsin tatsächlich Geld besaß, noch dazu in größeren Mengen, fasste er ihn am Arm und führte ihn ins Hinterzimmer, wo sich das Lager befand. Auch dort kaum eine Spur von Ware. In der Ecke lag ein alter Teppich, den der Kaufmann mit dem Fuß beiseitestieß, er öffnete die Luke, die unter dem Teppich zum Vorschein kam, und verschwand im Keller. Von dort reichte er die gewünschten Dinge herauf, Mehl, Brot, sogar eine ganze Stange Seife. Kunitsin konnte zufrieden feststellen, dass es im Laden alles gab, was er brauchte, sogar Nadel und Fa-

den, die der Kaufmann aus seinen Privaträumen holte. Als der Mann schließlich alles einwickelte, steckte er als Zugabe noch einen großen Zeichenblock und eine Schachtel Buntstifte mit in das Paket.
»Da ist ein bisschen Zeichenpapier für die Kinder«, sagte er wohlwollend.
Kunitsin bezahlte die stattliche Rechnung und ging.
»Kommen Sie gern wieder. Um diese Tageszeit habe ich hier kaum Kundschaft«, empfahl ihm der Kaufmann.
Draußen vor der Tür erinnerte sich Kunitsin, dass er auf dem Ladentisch einen Messbecher für Milch gesehen hatte, und ein überwältigender Durst auf Milch packte ihn, und er kehrte noch einmal zurück.
»Ich würde gern noch zwei Liter Milch mitnehmen, und könnten Sie mir auch eine Kanne mitverkaufen?«
Aber ja, selbstverständlich.
»Milch haben wir immer ausreichend vorrätig, auch ohne Bezugsschein, in einem Dorf wie diesem! Und sie ist auch nicht sauer!«
Mit der Milchkanne am Arm und den Einkäufen im schweren Rucksack kehrte Kunitsin dorthin zurück, wo Savolenko in seiner deutschen Uniform am Steuer saß und wartete. Der Feldwebel in Unterwäsche hatte sich, während Kunitsin im Laden einkaufte, nicht gerührt. Savolenko zählte das Geld, das er im Portmonee des Mannes gefunden hatte.
»Hier ist finnisches und deutsches Geld, beides in rauen Mengen. Ich wundere mich bloß, wie ein gewöhnlicher Unteroffizier es zu einem solchen Reichtum gebracht hat.«
»Raubgeld«, vermutete Kunitsin. »Die Deutschen rauben doch alles, warum sollte das nicht auch dieser Mann hier tun.«
Die Fallschirmjäger öffneten den Deckel der Kanne und

tranken Milch, ladenwarme Vollmilch, die sie beide seit Jahren nicht mehr gekostet hatten. Zuerst trank Savolenko, dann Kunitsin, dann Savolenko, dann Kunitsin. Bald war die ganze Kanne leer. Kunitsin stopfte die Butter, die er gekauft hatte, in das Gefäß und verstaute es im Rucksack. Savolenko startete den Wagen, und sie fuhren zurück.

Als sie den Ort des Überfalls erreichten, hielt Savolenko an. Er schulterte den Rucksack und die Waffe, holte eine Handgranate aus der Tasche und blickte Kunitsin fragend an. Der machte eine abwehrende Geste und erklärte:

»Keine Sprengung, sonst werden womöglich die Wachposten auf der Brücke aufmerksam und geben Alarm. Besser ist es, wenn der Eindruck entsteht, dass der Wagen ausgeraubt wurde, dann verdächtigen sie keine Fallschirmjäger, sondern Räuber.«

Savolenko steckte die Handgranate wieder in die Tasche, zog aber den Dolch aus der Scheide, öffnete die hintere Wagentür und blickte wieder seinen Gefährten an. Er murmelte:

»Vielleicht abstechen? Das ist nicht so laut.«

»Nein, lass es … ein Straßenräuber tötet keine Menschen wegen Geld oder Kleidungsstücken, der Feind tötet, aber nicht der Räuber. Belassen wir es einfach dabei, und schnallen wir die Skier unter. Man wird uns nicht einholen, wir haben einen Vorsprung, und wenn wir zur Maschine gelangen, erheben wir uns in die Luft.«

Diese Entscheidungen Kunitsins waren Savolenko sehr recht, hatte ihm doch der Blick auf seinen Dolch und den bewusstlosen Deutschen ziemliches Unbehagen bereitet: Er war kein Schlächter, sondern Pilot. Er war an derlei nicht gewöhnt. Erleichtert steckte er den Dolch wieder in die Scheide, schlug die Autotür zu, und die Männer gingen gemeinsam mit Sack und Pack in den Wald, wo sie die Skier unterschnallten und in ihrer alten Spur davonglitten, zunächst zur Bahntrasse, dann liefen sie zu Fuß weiter, bis sie erneut auf ihre alte Spur stießen. Von dort aus benutzten sie wieder die Skier und liefen, so schnell sie konnten. Die schweren Rucksäcke drückten, aber die Männer waren froh und zufrieden, denn die Last bedeutete Nahrung, herrliche Nahrung, die gut und notwendig war, auch wenn die Feinde, Männer und Frauen, sie produziert hatten. Die Nahrung ist im Krieg eine neutrale Partei, alle genießen sie, und alle kämpfen um sie.

Die schlimmen Erfahrungen des deutschen Feldwebels aber waren noch nicht zu Ende, obwohl die Fallschirmjäger ihn lebend auf der Rückbank seines Autos zurückgelassen hatten.

Der Feldwebel erwachte mit zerbeultem Schädel, kämpfte sich ins Bewusstsein zurück und rappelte sich hoch, er erholte sich eine Weile beim aufrechten Sitzen, hievte sich dann aus dem Auto hinaus auf die Straße, um sich den heißen Schädel mit Schnee abzureiben. Besonders wunderte er sich über seinen Aufzug, er war nur in Unterwäsche. So in der Öffentlichkeit zu erscheinen, das kannte er von sich gar nicht. Er erinnerte sich an Kunitsins Gesicht, an diesen finnischen Soldaten, einen jämmerlichen Hänfling, der ihn in diesen Zustand versetzt hatte. In grenzenloser Wut schwang er sich ans Lenkrad seines Wagens und fuhr zu den Wachposten, um eine Erklärung für diesen finnischen Raubüberfall einzufordern, dem er unverdient zum Opfer gefallen war.

Mit quietschenden und rutschenden Reifen bremste der Feldwebel auf der Brücke, wo zwei gelangweilte finnische Wachsoldaten auf ihre Ablösung warteten. Und dort kam der Kontrolleur, fuchsteufelswild, in Unterwäsche und mit nackten Füßen. Das einzige Anzeichen dafür, dass es sich um einen deutschen Militär handelte, war die Parabellum in seiner Hand, die geladen, aber nicht mehr gesichert war. Rasend vor Wut brüllte der gepeinigte Mann die Wachsoldaten auf Deutsch an, ein hitziger Wortschwall, den die Finnen nicht verstanden.

Die Wachsoldaten wussten nicht, wie sie mit dem Deutschen umgehen sollten. Sie versuchten es mit Reden, aber er hörte nicht zu, sondern schrie pausenlos, wobei er die Waffe drohend vor ihrer Nase schwenkte. Die Soldaten nahmen ihre Gewehre von der Schulter und spannten sie, aber das reizte den Deutschen nur noch mehr, er feuerte aus seiner Pistole in die Luft und richtete die Waffe dann auf die Soldaten. Die erkannten jetzt, dass der Feldwebel verrückt geworden war, und das auf eine Weise, die für sie beide den Tod bringen konnte. Sie handelten wohlüberlegt und schnell: Sie nahmen dem Mann die Waffe ab, packten ihn unter den Armen und führten ihn in ihrer Mitte zur Wachstube, aus der ihnen ein halbes Dutzend Wachsoldaten entgegengelaufen kam, alarmiert durch den Schuss von vorhin.

Auf der Straße bildete sich eine eigenartige Runde, mittendrin der in Unterwäsche herumtobende Deutsche, der sich den finnischen Soldaten verständlich zu machen versuchte. Aber wegen des allgemeinen Lärms und seiner eigenen Erregung erreichte seine Botschaft die Zuhörer nicht, die ihrerseits berieten, wie sie mit dem Mann verfahren sollten. Ihnen war anzusehen, dass die Situation für alle fremd und unangenehm war.

Der Deutsche verschlimmerte seine Situation noch dadurch, dass er sich mit aller Macht aus den Händen der Männer herauszuwinden versuchte. Die Unterwäsche hielt dem nicht stand, sondern rutschte ihm herunter, und nackt flüchtete er aus der Umzingelung. Schnurstracks rannte er auf die Straße, mit dem Ziel, sein Auto zu erreichen, dessen Motor immer noch lief und das mit der Nase auf die Brücke zeigte.

Wer den Nackten auf der Brücke erschoss, ließ sich hinterher nicht mehr klären. Jedenfalls krachte ein Schuss, und der unglückliche Militär fiel um, mit einem verzweifelten Ausdruck in den Augen, dem Blick eines falsch verstandenen Kriegsopfers.

Sofort wurde allgemeiner Alarm gegeben. Auf der Brücke erschienen eine Abteilung deutscher Soldaten, Spürhunde, Militärpolizei, und zu guter Letzt die winterliche Dämmerung. Die Skispur der beiden Fallschirmjäger war auf jeden Fall entdeckt worden, und eine Abteilung schlecht Ski laufender deutscher Soldaten wurde ausgesandt, der Spur zu folgen. Allgemein hieß es, dass es einen Überfall finnischer Straßenräuber gegeben habe, bei dem ein unglücklicher Feldwebel entkleidet und ausgeraubt worden sei.

Scheinwerfer und Wolfshunde wurden gebracht, der Tote wurde in Laken gehüllt und fortgeschafft. Protokolle wurden verfasst, und in der Wachstube wurde für die Suchmannschaft Proviant bereitet. Die finnischen Soldaten saßen still da und grübelten über das Wesen der Waffenbrüderschaft nach.

Die Fallschirmjäger Kunitsin und Savolenko trafen um diese Zeit bei ihrem unterwegs hinterlassenen Lagerfeuer ein, sie entzündeten es, kochten Tee und aßen Fleisch von Wildvögeln. Dann beseitigten sie ihre Spuren, schnallten wieder die Skier unter und verschwanden im Dunkel der Winternacht. Die alte Skispur, die zu ihrem Flugzeug führte, war kaum mehr zu erkennen.

10

Die müden Fallschirmjäger trafen im Mondlicht bei ihrem Flugzeug ein. Sie befestigten die Skier auf dem Fahrgestell der Sturmovik, warfen ihre Waffen und Rucksäcke ins Cockpit und kletterten hinterher. Verschwitzt und vor Anstrengung zitternd saßen sie eine Weile still da, keuchten den Atem der Skitour aus ihren Lungen heraus. Dann warf Savolenko den Motor an. Er ließ ihn erst warmlaufen, ehe er die Maschine aus dem Schutz des dunklen Waldrandes auf das vom Mond beschienene Moor rollen ließ. Gleichzeitig beschleunigte er den Motor und leitete den Start ein. Die Maschine hob ab, die Verfolger waren nicht schnell genug gewesen.

Savolenko drehte die Maschine und flog nach Südosten, hin zu der Strecke, die sie beide vorhin zurückgelegt hatten. Aufmerksam beobachtete er das Gelände unter ihnen.

Einige Kilometer weiter, in einem Moor, liefen etwa zehn deutsche Soldaten mit wehenden Mantelschößen in Savolenkos und Kunitsins Spur. Als die Soldaten das Flugzeug sahen, warfen sie sich in den Schnee, aber das half ihnen nicht mehr, denn sie hatten sich noch nicht im Schnee eingegraben, als Savolenko auch schon seine Schleife über dem Moor zog und die ganze Gruppe erschoss. Die Maßnahme hatte ihn lediglich zwei präzise Runden über dem Moor gekostet. Und als er damit fertig war, lenkte er seine Maschine, ohne ein Wort zu sagen, wieder nach Südosten. Die Reihe der gefallenen Deutschen in dem vom Mond beschienenen Moor blieb zurück als Zeugnis des jüngsten Ereignisses ihres Krieges und des Pechs der Verfolger.

Savolenko überflog die Bahnstrecke Kontiomäki-Hyrynsalmi in Richtung Osten, bald darauf hielt er Ausschau nach einem geeigneten Landeplatz, denn er hatte keinen Treibstoff mehr. Zu Kunitsin sagte er:

»Such du auch, wir brauchen einen See oder ein Moor. Die Maschine hustet schon.«

Ein großer, einsamer See tauchte auf, und im selben Moment verstummte der Motor der Sturmovik. Mit einem hässlichen Krachen landete sie auf dem Eis, ihre Gleiteigenschaften waren allerdings beachtlich. Mit ihrer Eigengeschwindigkeit kam sie bis ans gegenüberliegende Seeufer, wo die Männer sie rasch tarnten. Danach blieben sie mit der Waffe in der Hand neben der Sturmovik stehen, lauschten auf die Geräusche der Wildnis und spähten gespannt zum Himmel. War ihr Flug bemerkt worden, würde man ihnen Nachtzerstörer hinterherschicken?

Aber die Wildnis blieb still.

Die Männer bauten sich einfache Schlafplätze im Schnee, ein Lagerfeuer mochten sie nicht entzünden, denn im Laufe der Nacht würden etliche Maschinen den See überfliegen. Die Suche würde sich allerdings auf die Westseite der Bahnlinie konzentrieren, und sie beide lagen auf der Ostseite in ihren Schneehöhlen. Sie schliefen schlecht in dieser Nacht, denn Kälte und Angst setzten ihnen bis zum Morgen zu. Erst als der Mond untergegangen war, und die Sonne erschien, wagten sie es, ein kleines Lagerfeuer zu entzünden, in dessen Wärme sie sich Tee kochten und von den Delikatessen aßen, die Kunitsin eingekauft hatte.

Savolenko zog die deutsche Uniform aus und hängte sie zum Auslüften an einen Ast. Er saß in Unterwäsche am Feuer und sagte, während er die Uniform betrachtete, die im Morgenwind wehte:
»Soll sie dort so lange hängen, bis der Geruch des Deutschen raus ist.«
Die eigene Pilotenuniform faltete er sorgfältig zusammen und versteckte sie im Cockpit. Dann hängte er den Kessel über das Feuer und schmolz sich darin Waschwasser. Als Kunitsin die Aktivitäten seines Gefährten sah, entschloss auch er sich zu einer Wäsche: Er zog die finnische Militäruniform aus, legte sie zum Auslüften über einen Ast und wartete, dass das Wasser im Kessel heiß wurde. Als das Wasser dampfte, schälten sich beide Männer auch aus ihrer Unterwäsche und wuschen sich rasch mit Wasser und Schnee. Kunitsin schnitt für jeden ein Stück Seife ab, und sie schäumten sich gegenseitig den Rücken ein. Bald röteten sich ihre Körper und dampften in der Frostluft, und saubere fröhliche Haut kam nach den vielen rußigen Lagerfeuertagen zum Vorschein. Nach der gründlichen Wäsche zogen sie sich wieder ihre Sachen an, glätteten die Falten und musterten sich gegenseitig. Sie waren zufrieden mit ihrem Zustand, der juckende Wildnisschmutz war beseitigt, sie fühlten sich erfrischt, munter und gekräftigt.
In der Geldbörse des deutschen Feldwebels befanden sich seine Dokumente und ein Brief, den er noch nicht in einem Umschlag verschlossen und abgeschickt hatte. Dieser Brief war offenbar an seine Frau gerichtet. Savolenko fing an, den Brief für Kunitsin ins Russische zu übersetzen:
»Hallo, meine herrliche Gette!
Mir geht es gut hier in Finnland. Zwar herrscht Frost, aber mit den Bolschewiken bekomme ich es nicht zu tun. Sie sind

eine rohe und ungebildete Rasse. Ich bin zum Kontrolleur der finnischen Wachtruppen bestimmt worden. Die Finnen sind äußerst interessiert an Alkohol. Eine derartige Gier auf Alkohol ist wohl eine arktische Eigenschaft. Unzählige Male habe ich beobachtet, dass die Finnen unfähig sind, vom Alkohol zu lassen, ehe nicht alles ausgetrunken ist, egal wie groß die Menge war, die sie vor sich hatten. Diese Eigenschaft hat aus ihnen gute Händler gemacht, und mit ihrer Hilfe habe ich hier ausgezeichnete Einkünfte erzielen können, sodass ich dir im Frühjahr Geld für die neuen Salonmöbel schicken kann. Mit Hilfe von Urlaubern versuche ich dir auch ein Rentiergeweih zu schicken, die gibt es hier in rauen Mengen. Lass es im Schlafzimmer über meinem Bett an die Wand nageln, dort macht es sich gut. Schnee liegt hier viel. Nachts sind am Himmel besondere Lichter zu sehen, von den Finnen Fuchslichter genannt. Sie knistern, heißt es, aber ich habe nicht gehört, dass sie Geräusche machen. Hier gibt es auch sehr viele Wälder. Hinsichtlich der Kriegsführung ist das lästig. Du kannst deine Tante bei uns wohnen lassen. Nimm achtzig Mark Miete von ihr. Wenn sie die nicht zahlen will, dann sagst du, wir bedauern. Heil Hitler, liebe Gette. Ich schicke diesen Brief morgen ab.«

Der Feldwebel hieß Günther Scholz, geb. 26.5.1912 in Wiesbaden.

»Hat an die Finnen Schnaps verkauft und viel Geld dafür gekriegt«, sinnierte Kunitsin, während er die Scheine des Mannes zählte. »Mehr als zweitausend Mark insgesamt ... mit Geld sind wir jetzt ziemlich gut ausgestattet.«

Am Seeufer bauten sich die beiden im Schutz der Bäume ein neues Lager, im selben Stil wie das vorige: Savolenko flocht aus Reisig einen großen Unterstand, und auf den Platz davor schleppten sie große Stapel Brennholz.

Die ganze Woche bewohnten die Männer ihr Lager, sie streiften auf Skiern durch die Umgebung und schossen Vögel, versuchten außerdem, im See Fische zu angeln, und manchmal fingen sie so viele Aalraupen, dass sie sich daraus eine Suppe kochen konnten. Abends verbrachten sie ihre Zeit am Schachbrett, oder sie unterhielten sich. Doch trotz alledem beschäftigte sie der Kriegsverlauf, ihre Tatenlosigkeit setzte ihnen zu, und sie grübelten darüber nach, wie es ihnen gelingen könnte, für das Flugzeug einige hundert Liter Treibstoff zu beschaffen. Dies wurde zu ihrem Hauptproblem. In der Wildnis herumzulungern, half ihnen nicht weiter, sie mussten hinaus in die Städte und Dörfer, wenn sie dafür sorgen wollten, dass die Sturmovik wieder zu den eigenen Leuten gelangte.

Auch die Nahrungsvorräte gingen zur Neige. Kunitsin hatte sämtliches Mehl verbraucht, Butter war ebenfalls nicht mehr vorhanden. Savolenkos Tabakvorrat schrumpfte auch, er rauchte keine ganze Zigarette mehr auf einmal, sondern sparte den Stummel jeweils fürs nächste Mal auf.

Also planten sie einen Ausflug zum Feind. Sie gingen davon aus, dass sie sich dieses Mal, da sie sachdienliche Kleidung trugen, auch in der Öffentlichkeit zeigen konnten, bei entsprechender Vorsicht natürlich.

Und dann, nach einer Woche Aufenthalt in ihrem neuen Lager, rüsteten sie sich für das Unternehmen. Sie schulterten Rucksack und Waffe und machten sich auf Skiern nach Ristijärvi auf den Weg. Nach Hyrynsalmi trauten sie sich nicht, dort würde man womöglich wegen des Überfalls bereits auf sie warten.

Aber Ristijärvi! Dorthin lenkten Kunitsin und Savolenko an diesem sonnigen Morgen ihre Skier. Langsam glitten sie im gleißenden Licht dahin, ein deutscher Unteroffizier und ein finnischer Soldat, ein russischer Pilot und ein Fallschirmjäger und Apotheker, hintereinander, mit ängstlichen Gedanken an eine Zukunft, die ihnen völlig unbekannt war.

11

Nach zwei Stunden Skimarsch gelangten die Wanderer in bewohnte Gebiete. Hin und wieder sahen sie an der Strecke einsame Gehöfte, von denen Wirtschaftswege ins Kirchdorf Ristijärvi führten. Die beiden mieden die Wohngegenden, liefen stattdessen durch den Wald, und weil die Sonne übers ganze Gesicht strahlte, glitten die Skier im Wald sowieso besser als auf dem freien Feld, denn dort schmolz der Schnee bei Sonnenschein bereits und klebte an den Skiern.
Während einer Mahorka-Pause betrachtete Kunitsin das Moor vor seinen Augen. Gegenüber auf der anderen Seite glaubte er, ein Lebewesen zu erkennen. Er zeigte mit der Hand in die entsprechende Richtung, und auch Savolenko sah drüben am anderen Ufer Bewegung.
»Was mag das sein, vielleicht ein Rentier?« Kunitsin griff nach seiner Waffe, vielleicht würde es ihnen gelingen, das Wildtier zu erlegen. »Wir könnten das Fleisch im Schnee lagern und nachher auf dem Rückweg mitnehmen«, plante er bereits.
»Das ist kein Rentier, sondern ein Hund«, erklärte Savolenko kategorisch.
Kunitsin hob den Feldstecher und beobachtete das Tier. Lange starrte er auf das gegenüberliegende Ufer. Schließlich äußerte er ungläubig:
»Für mich sieht es nach einem Schaf aus.«

Savolenko schnappte sich den Feldstecher und starrte seinerseits intensiv auf das Tier. Er kam zum selben Ergebnis.

»Unmöglich ... Schafe werden im Winter gar nicht hier draußen gehalten.«

»Vielleicht ist es eine Falle«, gab Kunitsin zu bedenken.

Die Männer besprachen das Rätsel ausgiebig. Sie hätten das Tier sofort erlegt, wenn es ein Ren gewesen wäre. Einen Hund, einen Fuchs, einen Luchs oder Wolf wiederum hätten sie einfach laufen lassen. Jetzt aber wussten sie nicht, wie sie mit dem Wesen verfahren sollten, das allem Anschein nach ein Schaf war. Nach langem Überlegen beschlossen sie, zur anderen Seite hinüberzugehen, näher an das Schaf heran. Dort könnten sie es dann in Augenschein nehmen.

Nach einer halben Stunde hatten sie einen großen Bogen gemacht und näherten sich jetzt äußerst vorsichtig dem gegenüberliegenden Ufer und jener Stelle, an der sie das vermeintliche Schaf gesehen hatten. Vom Moor her hörten sie:

Määh!

Aus dem Blöken sprach grenzenlose Traurigkeit und Beklemmung, der zitternde Laut erweckte in den Männern tiefes Mitleid. Sie liefen leise bis zum Ufer vor. Das Schaf lag im glühenden Sonnenschein mitten im Moor, es hatte sich dorthin geschleppt, lag jetzt bis zum Bauch im Schnee und beklagte pausenlos sein schlimmes Schicksal.

»Tatsächlich, ein Schaf«, registrierte Kunitsin.

»Armes Tier ... warum nur ist es hierhergelaufen ... jetzt schreit es vor Kälte.«

»Wir müssen das wohl näher erkunden«, fand Kunitsin.

Dennoch trauten sie sich nicht gleich hin zu dem Schaf. Woher wussten sie, ob es nicht doch eine Falle war? Andererseits, woher sollten die Deutschen und die Finnen wissen, dass die beiden Fallschirmjäger gerade heute und hier unterwegs sein würden? Und machte es tatsächlich Sinn, ein Schaf auf sie anzusetzen, um sie vielleicht zu verwirren? Was war das für eine Kriegsführung, ein Schaf mit solchen Aufgaben zu betrauen?

Die beiden besprachen die Situation eine halbe Stunde lang. Das Schaf im Moor klagte immer jämmerlicher, sodass die Männer es nicht länger ertragen konnten. Savolenko sagte:

»Es wird dort erfrieren. Ich gehe jetzt hin und sehe nach ihm, habe schließlich vor einem Schaf keine Angst!«

Kunitsin blieb unter den Bäumen, hielt Wache mit entsicherter Waffe, während Savolenko zum Schaf lief, beruhigend auf das Tier einredete. Nirgendwo waren Menschen zu sehen, das Tier war dort ganz allein. Seine eigenen Spuren im Moor zeigten an, aus welcher Richtung das unglückliche Wesen gekommen war.

»Oh, oh, du armes Tier, es wird alles gut«, redete Savolenko, während er sich vorsichtig dem Schaf näherte. Er nahm es auf den Arm, es war ein großes Muttertier. Schneeklumpen klebten an seinem Fell. Das Tier zitterte am ganzen Leib, es hatte anscheinend große Angst, und es fror. Doch in Savolenkos Armen beruhigte es sich bald, legte den Kopf an seine Schulter und blökte auch schon weniger. Savolenko beruhigte es weiter, tätschelte es und trug es zum Waldrand, wo Kunitsin wartete.

Die Männer brachen Fichtenzweige ab und breiteten sie auf dem Schnee aus, darauf setzten sie das Schaf. Savolenko genehmigte sich eine Mahorka. Kunitsin stellte Überlegungen an:

»Wie wäre es, wenn wir seine Spuren verfolgen? Wir gehen

mit ihm los und sehen uns an, woher es gekommen ist, was seine Beweggründe sind.«

Das Schaf lag ruhig auf den Reisern und blickte die Männer aus seinen dummen Augen an. Man sah, dass es an Menschen gewöhnt war und nicht einmal fremde Männer fürchtete, die eine ihm unbekannte Sprache sprachen.

»Du bist ein ganz braves Schaf... so, meine Gute, ich nehme dich jetzt auf den Rücken ... ja, sieh mal ...«

Savolenko schulterte das Schaf, hielt es an den mageren Beinen fest und stellte sich auf seine Bretter. Kunitsin nahm Savolenkos Waffe in Obhut, desgleichen die Skistöcke, er lief in der Schafsspur vorweg, wobei er die eigene Waffe schussbereit hielt. Auf dem Rücken des hinter ihm laufenden Savolenko pendelte das wollige Schaf, das überhaupt nicht mehr zappelte, sondern einfach im grellen Sonnenschein die Augen schloss. Ein paar Kötel fielen in den Schnee.

12

Die Fallschirmjäger folgten der Schafsspur vom Moor in den Wald. Das Tier war unter Aufbietung all seiner Kräfte durch den dicken Schnee getapst, war mit seinen Streichholzbeinen tief eingesunken, hatte aber trotz alledem seinen verzweifelten Weg durch den winterlichen Wald fortgesetzt.
Die Männer folgten den Spuren über mehrere Kilometer. Dann sprang der vorn laufende Kunitsin plötzlich von seinen Brettern, warf sich in den Schnee und spannte sein Gewehr. Savolenko folgte dem Beispiel, das Schaf blökte erschrocken, als es vom Rücken des Mannes in den weichen Schnee fiel. Savolenko umschloss mit seiner Hand das Maul des Tieres, damit es nicht mehr blökte und womöglich die Männer verriet.
Ein Mensch war im Wald unterwegs, kam auf die Männer zu. Eine Stimme, Weinen und Worte waren zu hören.
»Tuku, tuku, tuku ...«
Eine alte Frau, schon über siebzig, watete in den Spuren des Schafes durch den Schnee, sie weinte, presste kraftlos die nackten Hände zusammen und wiederholte:
»Tuku tuku ...«
Dann entdeckte sie die im Schnee liegenden Soldaten, schlug sich mit den Händen auf die Knie und jammerte:
»Du lieber Gott, ach du lieber Gott! Helft uns, helft, liebe Soldaten, habt Erbarmen!«

Die beiden erhoben sich, das Schaf blökte, als Savolenko die Hand von seinem Maul nahm. Vielleicht kannte es die alte Frau?

Kunitsin beschwor Savolenko flüsternd, kein Wort Russisch, sondern stattdessen Deutsch zu sprechen. »Und rede nicht so viel, ich verstehe es nicht sehr gut.«

Die Frau war eindeutig nicht ganz bei sich. Sie fing an, Kunitsin zu erzählen, wie schrecklich das Leben war. Sie weinte und klagte, aus ihren Worten war nur schwer schlau zu werden. Kunitsin konnte ihrem Wortschwall nach und nach entnehmen, dass sie mit ihrem Vieh in den Wald gejagt worden war, von ihrem bösen Schwiegersohn. Dieser war Sergeant und vor vier Tagen auf Fronturlaub nach Hause gekommen, und er hatte die ganze Zeit Kognak getrunken, den er von den Deutschen gekauft hatte. Schon bei seiner Ankunft war er betrunken gewesen. Die Alte sah Savolenko vorwurfsvoll an, sagte zu ihm:

»Nix Kognak!«

Sie erzählte, dass der deutsche Alkohol den Schwiegersohn verrückt gemacht hatte. Er tobte auf ganz schreckliche Weise im Haus herum.

»Habt Erbarmen, nehmt ihn fest, bringt ihn ins Kirchdorf ins Gefängnis«, bat die Frau. »Wir selber können nichts gegen ihn ausrichten, und sein Urlaub dauert immerhin noch eine ganze Woche.«

Kunitsin erläuterte Savolenko kurz die Situation. Sie beschlossen, die Frau in ihr Haus zu begleiten und nachzuschauen, was dort los war. Die Frau machte kehrt und schlug den Weg nach Hause ein, Savolenko schulterte das Schaf. Sie kamen nur langsam voran. Nach ein paar hundert Metern stießen sie auf ein weiteres Schaf.

Jetzt war Kunitsin als Träger gefragt, die Frau trug die Waffen und die Skistöcke. Noch bevor sie das Haus erreichten, stießen sie im Wald abermals auf zwei Schafe. Die Tiere einzufangen war nicht sonderlich schwer, ihr Transport hingegen war problematisch, denn zwei Schafe auf einmal konnte niemand tragen. Wenn die Männer unter jeden Arm eines nahmen, fingen die Tiere an zu blöken, denn dieser Griff war ihnen unangenehm.

Die Männer regelten das so, dass sie zunächst je ein Schaf etwa zweihundert Meter weit trugen, dann kehrten sie um und holten die anderen, trugen sie an den ersten vorbei, um dann wieder umzukehren und diese zu holen. Nach etwa einstündiger Plackerei erreichten sie das Haus, in dem der delirierende Sergeant tobte, dass der ganze Hof widerhallte. Er zerstörte alles, sein Haus, sein Vieh und alles, was er besaß.

Der Mann war stämmig und hatte ein lautes Organ. Und er war irre: Gerade jetzt war er damit beschäftigt, ein Huhn zu erhängen. Er hatte das Tier an die Brunnenwinde geknüpft, die Schnur straffte sich um den Hals des Tieres, es kreischte herzzerreißend, Federn stoben umher. Als das Huhn fest in der Schlinge saß, ließ der Mann es durch die Brunnenwinde in die Höhe schleudern. Zu Füßen des Irren lief ein vom Frost gerötetes Schwein hin und her, quiekend und kreischend. Immer, wenn es nahe genug an seinen Herrn herankam, bekam es einen derben Tritt in seine glänzende Flanke.

Als die Fallschirmjäger gesehen hatten, was auf dem Hof vor sich ging, setzten sie die Schafe ab und ließen sich von der alten Frau ihre Waffen geben. Sie schossen ein paar Mal in die Luft, um die Aufmerksamkeit des Irren auf sich zu lenken. Der Mann unterbrach seine Strangulierungsmaßnahmen, glotzte die Ankömmlinge an, begriff aber nicht wirklich, dass ein finnischer und ein deutscher Militär ins Haus gekommen waren. Kunitsin zeigte mit dem Gewehr auf ihn:

»Hör sofort auf, du Irrer! Oder müssen wir dich zuerst erschießen?«

Erst nach etlicher Zeit zeigte sich in seinem Blick eine geringfügige Spur des Verstehens, aber die Hände hob er trotzdem nicht, obwohl Kunitsin es verlangte. Savolenko griff den Mann an, warf ihn zu Boden. Kunitsin befreite indessen das mit dem Tode ringende Huhn aus der Schlinge, es blieb leise klagend im Schnee liegen.

Die alte Frau holte ein Seil aus dem Kuhstall. Als die beiden Fallschirmjäger Hände und Füße des Mannes gefesselt hatten, trauten sich weitere Menschen auf den Hof.

Die blasse Ehefrau des Delirierenden kam aus dem Erdkeller, und aus anderen Ecken der Anwesens tauchten die Kinder auf, fünf erschütterte Sprösslinge, die ihren gefesselten Vater umringten. Die alte Frau schickte die Kinder in die Stube, und von dort beobachteten sie wortlos durchs Fenster ihren verrückt gewordenen Vater, der sich auf dem Hof in seinen Seilen wand.

Das Schwein wurde eingefangen, aber das Tier wand sich mit seinem glatten Körper viele Male wieder aus der Umarmung der Männer. Und Savolenko stieß sich das Knie an der Kuhstalltür und hätte beinahe auf Russisch geflucht, konnte aber gerade noch verhindern, in die Muttersprache zu verfallen, stattdessen schimpfte er auf Deutsch. Als er jedoch das Schwein in den Koben gebracht hatte, schalt er es auf Russisch aus, denn das Fluchen in der Sprache des Feindes war ihm zuwider.

Die Männer trieben auch die Schafe zusammen und schafften sie in ihre Buchten. Hinter dem Kuhstall stand eine verdutzte Kuh bis zum Bauch im Schnee, auch sie wurde in ihren Verschlag geführt. Kunitsin drückte ihr Euter, um zu prüfen, ob es Erfrierungen hatte.

»Ist zum Glück noch weich.«

Der Sergeant strampelte währenddessen in seinen Seilen, mäßigte sich aber, als Savolenko ihm den Lauf der Maschinenpistole an die Stirn drückte. Es wurde beschlossen, ihn rücklings auf den Wasserschlitten zu binden, damit er auf dem schneebedeckten Hof nicht erfror. Die alte Frau holte eine Decke aus der Stube und breitete sie im Wasserschlitten aus, darauf bettete Savolenko den Irren. Kunitsin band ihn mit sämtlichen Gliedmaßen an den Streben fest. Der Irre zerrte von Zeit zu Zeit so stark an seinen Seilen, dass der ganze Schlitten bebte und sich sogar fortbewegte. Aus dem Mund des Mannes kamen Schaum und Geschrei.

Dieser irrsinnige Sergeant hatte während seiner Sauftour viel Chaos im Haus verursacht. Drinnen in der Stube waren sämtliche Gardinen aufgeschlitzt, und die Bettwäsche auf dem Ofen war auf einen Haufen geworfen. Im dunklen Schlund des Backofens zeichneten sich die Umrisse des von seinem Bock gezerrten großen Schleifsteins ab. Die Kurbel hatte der Mann durchs Fenster auf den Hof geworfen, sie hatte im Schnee hakenförmige Abdrücke hinterlassen. Die Wanduhr hatte er heruntergerissen und mit Mehl gefüllt, jetzt lag sie auf dem Fußboden, weiß vom Mehl, funktionsuntüchtig, das Glas war kaputt, die Zeiger verbogen.

Im Hühnerstall lagen ein halbes Dutzend Hühner ohne Köpfe. Eines der armen Viecher hatte sein Schicksal im Brunnen ereilt, der Mann hatte es lebend ins eiskalte Wasser geworfen, damit es ertrank und mit seinen Federn das Brunnenwasser verschmutzte und unbrauchbar machte.

Der Mann hatte außerdem auch die Zeit gefunden, in den

Kuhstall zu gehen, dort hatte er dem sechs Monate alten Bullen das Brautkleid seiner Frau angezogen. Das Kleidungsstück hatte beim Anziehen stark gelitten, aber immerhin steckten die Vorderbeine des Tieres in den Ärmeln, und das Rückenteil schmückte es wie eine Decke. Mit weit aufgerissenen Augen starrte der junge Bulle entsetzt auf seine Verkleidung. All dies und das ganze übrige Chaos genügten Kunitsin und Savolenko als Beweis, dass der Mann aus seinem Haus entfernt werden musste. Die magere Ehefrau schluchzte in der Stube, schweigend saßen die Kinder aufgereiht nebeneinander, und die alte Mutter erklärte pausenlos, wie schrecklich ihrer aller Leben während der letzten Tage gewesen war. Sie verlangte, dass die Soldaten ihren irren Schwiegersohn ins Gefängnis schaffen sollten.

Die beiden Fallschirmjäger zogen sich auf den Hof zurück, wo Kunitsin erzählte, was drinnen besprochen worden war. Savolenko musterte den im Wasserschlitten herumbrüllenden Sergeanten und äußerte finster:

»In den Wald bringen und erschießen.«

»Erschießen wäre richtig, aber was wird dann aus unserem Ausflug nach Ristijärvi? Wir kriegen Schwierigkeiten, wenn wir den Mann töten. Er ist zwar irre, aber die Finnen werden ihn suchen«, sagte Kunitsin.

Die Schwiegermutter des Irren kam jetzt auf den Hof. Sie hatte ihren guten Mantel angezogen, einen eng sitzenden Ulster. Dazu trug sie ein schwarzes Kopftuch, in der Hand hielt sie eine Krokodilledertasche. Sie forderte die Soldaten auf, sich zu beeilen und mit ihr ins Kirchdorf zu gehen, man dürfe nicht mehr länger zögern, der Schwiegersohn könnte womöglich noch verrückter werden. Außerdem würde es bald dunkel, und bis ins Kirchdorf waren es zehn Kilometer.

Lustlos griff Savolenko nach der Schnur des Wasserschlittens und zog die Fuhre zur Straße. Die alte Frau ging forsch vorweg, Kunitsin folgte auf seinen Skiern als Letzter. Die traurige Familie des Delirierenden stand erleichtert auf dem Hof, als die Wanderer hinter einer Biegung der verschneiten Straße verschwanden.

In der nachmittäglichen klaren Frostluft wanderte die Gruppe dem Kirchdorf Ristijärvi entgegen. Die ganze Umgebung hallte wider, wenn der im Wasserschlitten tobende Sergeant sein unverständliches Zeug brüllte. Bei jedem Haus, das sie passierten, schloss sich ihnen ein Hund an, sodass sie sich zum Schluss mit einer beachtlichen, kläffenden Meute dem Kirchdorf näherten.

13

Der irre Sergeant brüllte im Wasserschlitten so laut, dass sich bei der Ankunft in Ristijärvi zahlreiche Einwohner staunend um ihn versammelten. Die neugierigsten schlossen sich dem Zug an, der so an einen Trauerzug erinnerte, mit dem Unterschied allerdings, dass hier der Leichnam lebte und pausenlos herumschrie.

Die alte Frau erklärte, dass ihr Schwiegersohn ins Gefängnis gebracht werden sollte. Kunitsin erkundigte sich bei den Begleitern, wo Vertreter der Behörde anzutreffen seien, und man riet ihm, den Irren ins Amtsgebäude des Polizeikommissars zu bringen.

Savolenko zog den Schlitten mit gerötetem Nacken. Ihm gefiel diese Aufgabe überhaupt nicht, außerdem war jetzt die Gefahr groß, entdeckt zu werden. Der unsinnige Spektakel des Sergeanten ärgerte ihn, und als sich die zahlreichen Hunde des Dorfes unter die Menschen mischten, herumscharwenzelten und bellten, schimpfte er auf Deutsch:

»Verfluchte Finnländer!«

Die alte Frau versuchte, die letzten Reste ihrer Würde zu wahren. Sie schämte sich für ihren elenden Schwiegersohn, wandte sich an ihn und zischte:

»Benimm dich jetzt, Aaretti, wir sind im Kirchdorf! Dass du dich gar nicht schämst ... schreist herum ... lässt dich vor allen Leuten im Wasserschlitten ziehen ...«

Beim Haus des Polizeikommissars angekommen, umringten alle den Wasserschlitten und warteten auf die Fortsetzung des Schauspiels. Der Kommissar und zwei Militärpolizisten traten heraus.
Als Erstes befahlen die Militärpolizisten der Menschenmenge:
»Auseinandergehen, im Namen des Kriegsgesetzes, gehen Sie auseinander!«
Die Leute zogen sich widerwillig ein Stück zurück. Die Hunde dagegen scherten sich kein Stück um das Kriegsgesetz: Sie rannten weiter auf dem Hof herum, bellten und pinkelten an die Treppe und die Wände des Dienstgebäudes.
Die Schwiegermutter erklärte dem Polizeikommissar den Fall. Sie sprach energisch, erzählte haarklein, wie der Schwiegersohn vom Alkohol der Deutschen verrückt geworden war.
»Hat dieser Feldwebel ihn zum Trinken verleitet?«, fragte der Kommissar und zeigte auf Savolenko.
Die alte Frau verneinte dessen Schuld, pries ihn als Retter und fing dann an zu erzählen, was ihr Schwiegersohn zum Abschluss seiner Sauftour im Haus alles angerichtet hatte. Sie verlangte, dass er sofort in Sicherungsverwahrung genommen würde.
»Die Armee hat ihn verrückt gemacht, soll sich die Armee jetzt auch um ihn kümmern! Bringen Sie ihn nach Kiestinki an die vorderste Linie, da werden die Russen ihn schon töten! So einen können sie für umsonst haben!«
Der Polizeikommissar überlegte eine Weile. Dann entschied er, dass der Mann nach drinnen ins Haus gebracht werden sollte, damit er nicht draußen im Wasserschlitten erfror. Aber als man begann, den Sergeanten loszubinden,

fing er dermaßen an zu toben, dass die Beamten es für besser hielten, ihn samt Schlitten in das Büro des Kommissars zu tragen.

Die Militärpolizisten hoben den Schlitten an wie eine Tragbahre, und die alte Frau öffnete ihnen die Türen. Im Flur mussten die Polizisten mehrmals mit dem Schlitten zurückweichen, ehe sie ihn durch die Tür zwängen konnten. Ein paar Hunde huschten durch die offenen Türen hinein, im Büro gerieten sie noch mehr außer Rand und Band. Ihr Gebell klang ohrenbetäubend, denn der Raum hatte eine harte Akustik.

Der Wasserschlitten wurde mitten im Raum abgestellt, und dann machten sich die Militärpolizisten daran, die Hunde hinauszujagen. Diese jaulten und knurrten, versuchten, den Polizisten in die Stiefel zu beißen, einer flüchtete in die Privatwohnung des Kommissars, wo er unter das Bett kroch. Die anderen waren längst draußen, als dieser eine sich immer noch weigerte, unter dem Bett hervorzukommen. Er fletschte die Zähne und knurrte.

Die Polizisten griffen sich einen langstieligen Schrubber und stocherten damit unter dem Bett herum. Der erschrockene Hund jaulte, biss in den Schrubberstiel und griff schließlich wütend die Polizisten an. Ein Bücherregal kippte um, Zierglas ging zu Bruch, der Hund verbiss sich im Bein eines der Polizisten und wollte nicht loslassen. Der Mann versuchte sich zu befreien, aber der Köter biss immer fester zu. Es tat sicherlich weh, so gebissen zu werden. Schließlich zückte der Mann seine Parabellum, drückte den Lauf an die Stirn des Hundes und schoss.

Ungeheuer wütend schleifte der Polizist den toten Hund nach draußen, warf ihn von der Treppe aus bis fast an den Brunnen. Der Kommissar suchte in seinem Apothekenschrank nach Verbandszeug, der Polizist zog den Stiefel aus und ließ die Hose bis zu den Waden hinunter. Kunitsin reinigte die Wunde und verband sie. Der Gang des Mannes wirkte danach ein wenig steif.

Dann schrieb der Kommissar ein Verhörprotokoll. Die alte Frau erklärte wortreich, was für ein Fall ihr Schwiegersohn war. Als Anlage wurden dem Protokoll die Papiere des Sergeanten beigefügt. Der Kommissar entschied, dass der Mann nach Kajaani in Untersuchungshaft verbracht werden und dort auf die nächste Sitzung des Kriegsgerichtes warten sollte. Kunitsin und Savolenko mussten das Verhörprotokoll ebenfalls unterschreiben, beide erfanden innerhalb weniger Sekunden für sich einen neuen, für diese Angelegenheit passenden Namen samt Truppenabteilung. Kunitsin schrieb Heikki Lämsä, 3. Wachkompanie, Hyrynsalmi. Schwieriger war es für Savolenko, der das westliche Alphabet so gut wie gar nicht beherrschte, und eine mit kyrillischen Buchstaben gefälschte Unterschrift kam nicht in Frage. Mit enorm größer Anstrengung kritzelte er etwas auf das Papier, das so aussah:

»Hurt Kammerleine«.

Die Unterschriften wurden jedoch ohne Weiteres akzeptiert. Der Kommissar verschloss die Dokumente in einem Umschlag, versah diesen auf der Rückseite mit Siegellack, in den er seinen Stempel drückte. Die alte Frau fragte noch:

»Haben Sie auch wirklich reingeschrieben, dass Aaretti ins Gefängnis muss?«

»Erst mal wird er nach Kajaani gebracht, dort richten sie über ihn«, erklärte der Kommissar.

Der verletzte Polizist saß missmutig am Fenster, hielt sich hin und wieder den Oberschenkel. Er starrte wütend auf die draußen herumlungernden Hunde. Der andere versuchte, mit Savolenko zu plaudern, radebrechte Deutsch, erkundigte sich, was den Herrn Oberkommando hierherführte. Savolenko erklärte ihm, dass er einen elenden Deserteur suche, der sich in den Wäldern verstecke. Und Kunitsin ergänzte, dass er als Guide und Dolmetscher des Feldwebels fungiere.

»Gut gut«, fand der Polizist.

Der Kommissar beauftragte ihn, die alte Frau nach Hause zu bringen. Widerwillig schickte der Polizist sich drein, half ihr in den Mantel und ging mit ihr hinaus. Es war zu hören, wie sie ihn im Flur fragte, ob noch genügend Zeit für einen Gang zur Apotheke wäre.

Zwar verringerte sich die Personenzahl im Büro, doch Stille trat deshalb nicht ein: Der Sergeant tobte nach wie vor im Schlitten, sodass ihm bereits der Schweiß auf der Stirn stand. Hin und wieder mussten die Seile gestrafft werden.

Der Kommissar schlug vor, dass der Feldwebel und der Soldat es übernehmen sollten, den Sergeanten nach Kajaani zu bringen. Er begründete seinen Wunsch damit, dass keiner der beiden Polizisten für die Aufgabe eingesetzt werden konnte. Einer begleitete die alte Frau, und der andere hatte ein verbundenes Bein. Er selbst konnte von seiner Arbeit nicht weg, auch glaubte er nicht, dass er unterwegs allein mit dem gewalttätigen Sergeanten fertigwürde.

Bereitwillig verkündete Kunitsin, dass er und der Feldwebel sehr wohl den Sergeanten nach Kajaani schaffen könnten. Der Kommissar sollte ihnen nur einen entsprechenden Befehl ausschreiben. So wurde es dann gemacht. Der Kommissar stellte den Männern seinen eigenen Wagen zur Verfügung. Er rief in Kajaani an und teilte mit, dass noch am selben Abend ein Gefangenentransport aus Ristijärvi ankäme.

»Treibstoff bekommen Sie auf diesen Schein in Kajaani«, sagte er und reichte Savolenko den Zettel.

In diesem Moment kam die Frau des Kommissars aus ihrer Privatwohnung. Sie hatte das Bücherregal wieder aufgestellt, die Glasscherben zusammengefegt und lud nun ihren Mann und den Feldwebel zum Kaffee ein.

»Ja, warum nicht, trinken wir also Kaffee ... passen Sie inzwischen auf diesen Verrückten auf«, sagte er zu Kunitsin und nahm Savolenko mit sich.

Savolenko saß steif am Kaffeetisch. Das Gespräch wurde auf Deutsch geführt, Savolenko antwortete einsilbig auf die Fragen der Gastgeber und versuchte, möglichst glaubhaft zu wirken.

Man plauderte über Deutschlands Kriegseinsatz im Allgemeinen. Der Kommissar sagte, dass Finnlands Schicksal bezüglich der roten Gefahr jetzt endgültig mit Deutschland und dessen Freundschaft verknüpft sei. Das bestätigte Savolenko und nahm sich noch ein Stück Kuchen.

Die Gattin lenkte das Gespräch auf die deutsche Kultur, sie sprach über die Kunst und vor allem die Musik.

»Ich liebe ja Händel und Bach sehr«, plauderte sie. »Darf ich Ihnen etwas vorspielen? Mozart und Beethoven habe ich nicht, aber Strauss haben wir! Mögen Sie ihn?«

Savolenko sagte, dass er ein Bewunderer der genannten Komponisten sei, wenngleich er nicht alle ihre Werke kenne, aber dennoch ... Die Frau stellte das Grammophon an und legte einen Strauss-Walzer auf. Der Kommissar räusperte sich, und als der Walzer endete, fragte er Savolenko, wann seiner Meinung nach die Murmansker Bahn von den Deutschen erobert werden würde.

»Nun ja ... eine militärische Frage ... Sie verstehen sicher ...«

»Ich habe nur mal ganz privat gefragt.«
Um sich aus der Affäre zu ziehen, versprach Savolenko:
»Im Sommer greifen wir an, nehmen die ganze Bahn ein.«
Kunitsin saß im Büro. Er hörte gedämpftes Kaffeegeplauder aus der Wohnung des Kommissars, denn der Sergeant hatte sich beruhigt und schrie nicht mehr, stattdessen atmete er schwer und starrte an die Decke. Ab und zu begann sein ganzer Körper zu zittern, das Gesicht verdüsterte sich, die Schläfenadern schwollen an und die Zähne knirschten. Der arme Kerl durchlitt die Qualen des Säuferwahns, der Alkohol begann aus seinen Adern zu weichen, die Geisteskrankheit nagte an seinem Kopf.
»Ob du je wieder zu Verstand kommst?«, murmelte Kunitsin halblaut, während er den Mann betrachtete, der gegen seinen Wahn ankämpfte.
Savolenko kam mit dem Kommissar ins Büro, die Gattin begleitet die Männer. Kunitsin und Savolenko trugen den Wasserschlitten auf den Hof, der Kommissar beleuchtete den Weg, und seine Frau hielt die Türen auf. Der Sergeant begann wieder an den Seilen zu zerren, und es dauerte fast eine halbe Stunde, ehe er vom Wasserschlitten losgemacht und auf die Rückbank des Autos verfrachtet war, mit dem Rücken in Fahrtrichtung und fest an die Rücklehne des Vordersitzes geknüpft.
Die beiden Fallschirmjäger befestigten ihre Skier auf dem Dach des Wagens, packten ihre Waffen und Rucksäcke ins Auto, Savolenko setzte sich hinter das Steuer. Kunitsin wählte die hintere Bank, um den Sergeanten zu bewachen, der sich in den Seilen wand, dass das ganze Auto schaukelte.
Verabschiedet wurden sie vom Kommissar und seiner Frau, auch der Polizist mit dem Hundebiss kam hinzu. Er machte

die Ehrenbezeigung und rief, als das Auto bereits angefahren war:
»Heil Hitler!«

14

Das Auto des Kommissars war ziemlich neu, und weil der Motor mit Benzin lief und nicht mit Holzgas, wurde es eine schnelle und fröhliche Fahrt von Ristijärvi nach Kajaani. Savolenko sang beim Fahren, so wie stets – Piloten haben das wohl so an sich. Der Sergeant zerrte an seinen Seilen, beruhigte sich aber, als Savolenko anfing zu singen. Der Wahnsinn hatte den Sergeanten trotzdem noch fest im Griff, das erlebten die Männer in Kajaani, als es darum ging, ihn aus dem Auto ins Polizeigebäude zu bringen.

Unter enormer Anstrengung gelang es, den Mann in die Zelle zu bugsieren. Die Türen wurden hinter ihm zugeknallt, lautes Getöse hallte durch den Gang, durchzogen von den Schreien des Irren. Savolenko übergab der dortigen Polizei den versiegelten Brief des Kommissars von Ristijärvi, setzte seinen Namen unter irgendein Schriftstück – Hurt Kammerleine ... und dann waren die Männer frei, ihren Abend im winterlichen Kajaani zu gestalten.

»Es ist nicht gut, den Feind zu bemitleiden, aber das Schicksal dieses Mannes ist wirklich barbarisch«, sagte Savolenko auf dem Hof des Polizeigebäudes, wo sie den Sergeanten immer noch toben hörten, wenn auch gedämpft.

»Der Krieg macht auch die Nerven des Feindes kaputt.«

Kühn entschlossen quartierten sich die Männer im feinen Hotel Seurahuone ein. Den Wagen des Kommissars fuhren sie auf den Innenhof des Hotels, schlossen ihre Waffen im Kofferraum ein, nahmen die Skier vom Dach und lehnten sie an den Zaun. Die Rucksäcke trugen sie in ihr Zimmer. Von dort aus hatten sie einen Ausblick auf die Kauppakatu, wo im Dämmerlicht ein paar Menschen unterwegs waren, Soldaten auf Urlaub und auch Zivilisten, hauptsächlich Frauen. Nur ab und zu huschte ein Auto am Hotel vorbei und fuhr über die Hauptstraße, ohne Licht, gleichsam heimlich.

Im Zimmer hingen zwei Bilder an der Wand, eines zeigte Marschall Mannerheim, das andere die »kämpfenden Auerhähne«. Savolenko nahm Mannerheims Bild herunter und steckte es in die Schreibtischschublade, wo die Hotelliste und die Bibel lagen.

Kunitsin begann in der Bibel zu blättern, spontan las er ein paar zufällig gewählte Stellen laut vor:

»Pass mal auf: ›Kinder, es ist die letzte Stunde! Und wie ihr gehört habt, dass der Widerchrist kommt, so sind nun viele Widerchristen geworden; daher erkennen wir, dass die letzte Stunde ist.‹ Aus dem Brief des Johannes ... was steht hier noch so, aha: ›Wie lieblich sind deine Wohnungen, Herr Zebaoth! Meine Seele verlangt und sehnt sich nach den Vorhöfen des Herrn; mein Leib und Seele freuen sich in dem lebendigen Gott.‹«

Savolenko blickte Kunitsin ernst an, nahm ihm die Bibel aus der Hand und legte sie wieder in die Schublade des Schreibtisches. Er sagte:

»Auf dieser Tour wird keine Bibel gelesen.«

»Es war doch bloß Spaß, Genosse Gennadi, bloß Spaß.«

»Auch nicht aus Spaß.«

Die Männer nahmen ein Bad und rasierten sich. Dann gingen sie nach unten in den Speisesaal des Hotels, der fast leer war. Sie wählten einen Fenstertisch und studierten die Speisekarte.

Es waren recht karge Mahlzeiten, die das Hotel anbot. Außerdem hätte man Essenkupons besitzen müssen, um hier speisen zu können. Eine Kellnerin in Holzschuhen erschien, um die Bestellung entgegenzunehmen, sie lächelte Savolenko an, Kunitsin nicht.

»Soldaten dürfen hier eigentlich nicht rein. Allein dürfen Sie jedenfalls nicht herkommen.«

Kunitsin kritisierte die Speisekarte, auf der Kartoffelsuppe das beste Gericht war.

»Besseres Essen gibt es nur ohne Kupons«, sagte die Kellnerin.

Die Männer bestellten besseres Essen, weil sie sowieso keine Kupons besaßen. Es kostete zwar eine Menge, schmeckte aber ausgezeichnet: gebratenes Elchfleisch mit diversen Beilagen.

Nach der Mahlzeit gingen die Männer, vor Wohlbehagen seufzend, in ihr Zimmer hinauf, zogen sich aus und fielen müde ins Bett. Der Schlaf kam sofort, es war ja auch ein kaiserliches Gefühl, in richtiger Bettwäsche auf einer weichen Matratze zu liegen, nach all den Nächten am Lagerfeuer.

In der Nacht gab es Fliegeralarm. Die beiden Männer sprangen aus ihren Betten und stürzten ans Fenster. Kunitsin wies darauf hin, dass man in den Luftschutzkeller gehen müsse. Savolenko jedoch lehnte sich aus dem Fenster, um die eigenen Maschinen, um seine Kameraden zu sehen, und seine Miene war geradezu triumphierend, besonders, als vom südlichen Stadtrand her Bombeneinschläge zu hören waren.

»Hierher, näher, Genossen«, rief er aufgeregt. »Hier ist die Stadt!«

Als eine Bombe ganz in der Nähe einschlug, warnte ihn Kunitsin:
»Hör auf, Genosse, ruf sie bloß nicht extra her ...«
Mehr Bomben fielen nicht. Nach einiger Zeit signalisierten die Sirenen das Ende des Angriffs, und die Männer legten sich wieder in ihre Betten. Im dunklen Zimmer verarbeitete Savolenko gedanklich das Ereignis, und er sagte zu seinem Gefährten:
»Von den Bomben habe ich direkt Heimweh gekriegt ... wie wohl Ludenka in Moskau klarkommen mag?«
Aber Kunitsin schlief schon. Savolenko seufzte und drehte sich auf die Seite, noch beim Einschlafen kreisten seine Gedanken um seine Frau, die durch den Krieg von ihm getrennt und weit, sehr weit weg von ihm war.
Am Morgen verfassten die Männer eine Einkaufsliste, sicherheitshalber auf Deutsch. In der Stadt plauderte Kunitsin mit den Einheimischen, schwatzte ihnen Bezugsscheine ab, und es gelang ihm, so viele davon zu erwerben, dass sie für den dringendsten Bedarf reichen würden. In den Läden bekam man freilich auch ohne die Scheine etwas zu kaufen, wenn man nur schlau genug war, die Einkäufe im Hinterzimmer, flüsternd und mit einem Bündel Banknoten in der Hand zu tätigen.
Kunitsin stattete der Apotheke einen Besuch ab, Savolenko wartete draußen.
In der Apotheke empfing Kunitsin jene wunderbar anheimelnde Atmosphäre, die nur ein erfahrener Apotheker zu schätzen weiß: der Geruch all der verschiedenen Medikamente, der Anblick unzähliger heilsamer Fläschchen und Röhrchen, die korrekt aufgereiht in den Regalen standen. Wie sehr sich doch Kunitsin nach seiner 45. Leningrader Apotheke sehnte! Mit professionellem Blick musterte er die

präzise Waage, wie gern hätte er seine Ärmel hochgestreift und eine spezielle Medizin zusammengemischt … und hier schien man die Zutaten für jede nur erdenkliche Mischung zu besitzen! Kunitsin beschloss, einen reichlichen Vorrat an Präparaten verschiedenster Art einzukaufen, damit er und Savolenko zumindest nicht aus Mangel an Medikamenten hier in der Ferne und mitten unter den Feinden zu sterben brauchten.

Die Apothekerin beeindruckte Kunitsin noch mehr als ihre Medikamente: Sie war in den Vierzigern, vollblütig, groß, hatte eine ebenmäßige Figur und eine beeindruckende, sympathische Stimme. Die schönen Hände ruhten auf dem Ladentisch, am Finger glänzte ein dicker Ring, die Nägel waren wunderbar gepflegt, die Hände hatten keine Falten, herrliche Cremes hatten sie jung und geschmeidig gehalten.

Kunitsin sah der Frau in die Augen, die groß und schön waren, und als er die Liste mit seinen Wünschen präsentierte, zeigte sich darin leise, herzliche Freude. Sie brachte das Gewünschte und fragte währenddessen, wie es sein konnte, dass er so sachkundig Medikamente einkaufte, wo er doch nicht mal die Armbinde eines Sanitäters trug.

Kunitsin erschrak. Warum nur hatte er erkennen lassen, dass er vom Fach war? Rasch erfand er eine Notlüge und sagte, dass er seinerzeit an der Universität Helsinki Pharmazie studiert habe. Er erzählte, dass er das Studium wegen der Erkrankung seines Vaters abbrechen musste, dass er aber beabsichtigte, es fortzuführen, sowie der Krieg enden würde.

»Tja … aber der wird ja zum Glück bald enden, die Deutschen sind schon so weit im Osten … es ist ein Glück, dass wir dieses Mal nicht allein kämpfen müssen, so wie unlängst im Winterkrieg.«

Sie wickelte Kunitsins Einkäufe in Papier ein, zögerte einen Moment und sagte dann:
»Da keine Kunden hier sind, könnte ich Ihnen Kaffee anbieten, wir können zu mir rübergehen, können uns unterhalten, zum Beispiel über Pharmazie, in dieser Kleinstadt hat ja kein Mensch eine Ahnung davon, von der ganzen Branche nicht.«
Die Wohnung der Apothekerin bestand aus mehreren Räumen. Der Salon, in den sie Kunitsin führte, hatte eine blaue Rosentapete, außerdem große, hohe Fenster mit mehreren Scheiben, vor denen mehrschichtige durchsichtige Gardinen hingen. Auch sonst waren Vorhänge und hängende Textilien charakteristisch für die Einrichtung, an der Wand hingen Gobelins, auf denen Hirsche aus einer Quelle tranken oder eine Landschaft aus Seerosenteichen inmitten von Bergen schimmerte; die Sofaüberwürfe hingen mit ihren fransigen Rändern wie Mäntel bis auf den Boden herab, das Mannerheim-Porträt war zu beiden Seiten mit glänzendem blauweißen Seidenstoff eingefasst, gleichsam wie ein Rahmen, die unteren Enden des Stoffes hingen fast bis auf den Fußboden hinunter. Die Möbel waren freilich keine echten Stilmöbel, sondern Nachbildungen, den Fußboden bedeckten dicke Teppiche, deren Muster ineinandergriffen in hübscher, fast mathematischer Anordnung. Die ganze Einrichtung zeugte von Protz und Reichtum, jedoch in einer Weise, die den Aufenthalt nicht unangenehm, sondern eigentlich ziemlich interessant machte.
Eine Bedienstete deckte den kleinen Tisch mit einem Porzellanservice, die Apothekerin bot echten Kaffee an, keinen Ersatz. Es gab auch ein wenig Gebäck und ein paar Streifen vom Weizenzopf.
»Nun langen Sie zu, Sie brauchen sich überhaupt nicht zu

genieren, wir sind ja fast Kollegen«, forderte sie ihren Gast auf. In ihrer ganzen Schönheit saß sie Kunitsin gegenüber und sah ihn freundlich an.

Mit Genuss schlürfte Kunitsin seinen Kaffee und stellte allerlei Fragen, hauptsächlich nach Kriegsgeheimnissen. Die Frau erzählte gern und ohne Scheu alles, was sie wusste, fragte ihrerseits nach Kunitsins Ausbildungszeit und seinen jetzigen Lebensumständen. Es stellte sich heraus, dass ihr Mann vor Kiestinki Kompaniechef im Befestigungsbataillon 15 war. Er war Hauptmann und sehr tapfer. Kunitsin bekam viele Informationen über die Gruppierungen der finnischen und deutschen Truppen, die Frau wusste recht gut Bescheid, denn der Hauptmann war vor zwei Wochen auf Urlaub zu Hause gewesen. Kunitsin prägte sich die Informationen gut ein, sie konnten für den Stab der 186. Division eventuell nützlich sein.

Mit munterem Geplauder verbrachte Kunitsin einen vergnüglichen Vormittag bei der Apothekerin. Als er schließlich aufbrach, äußerte sie vorsichtig:

»Falls der Herr Soldat ... Sie nehmen mir das nicht übel ... Geld hat ... Sie verstehen schon, dann könnte ich ... also Branntwein?«

Kunitsin begriff, dass er jetzt die günstige Gelegenheit hatte, starken Apothekenspiritus zu besorgen, auf den die Finnen angeblich so erpicht waren. Er kaufte zwei Liter, zahlte großzügig an die nette Frau, die ihn herzlich einlud wiederzukommen, wann immer er Zeit hätte.

Auf der Straße hatte Savolenko Probleme bekommen. Ein deutscher Offizier stellte ihn zur Rede, ein junger drahtiger Leutnant, der darüber erbost war, dass der Feldwebel ihn nicht zackig und rechtzeitig genug gegrüßt hatte. Savolenko antwortete einsilbig, denn er fürchtete, dass sein fremdländischer Aktzent ihn verraten würde. Der Offizier war hartnäckig, er schien über unendlich viel Zeit und ein Übermaß an energischer Boshaftigkeit zu verfügen.

Als Kunitsin sah, in welch gefährliche Situation Savolenko geraten war, eilte er seinem Kameraden zu Hilfe. In seinem schlechten Deutsch erklärte er dem Offizier, dass jener Feldwebel an Scharlach erkrankt war, und dabei zeigte er seine umfangreiche Medikamentensammlung. Er deutete auf Savolenko und sagte:

»Es ist ansteckend.«

Der Leutnant murmelte etwas und entfernte sich sofort, abgeschreckt durch die Krankheit. Savolenko rief ihm lasch hinterher:

»Heil Hitler.«

15

Die beiden Männer holten ihr Auto vom Hof des Hotels und fuhren los, um Treibstoff zu kaufen. Die Ausgabestelle befand sich in einem Gebäude am östlichen Ende der Kauppakatu. Dutzende von Männern standen dort nach der kostbaren Flüssigkeit an. Allgemein wurden an jeden Kunden nur zwanzig Liter verkauft. Kunitsin und Savolenko musterten ihren Einkaufsgutschein, auf dem Kunitsin im Hotel die eingetragene Literzahl um eine Null ergänzt hatte. Ursprünglich hatte der Schein zum Kauf von 60 Litern berechtigt, aber jetzt präsentierte Savolenko, als er an der Reihe war, einen offiziell wirkenden Schein und knurrte auf Deutsch:

»600 Liter.«

Der verdutzte Benzinverkäufer breitete die Hände aus, zweifelte und bedauerte. Kunitsin mischte sich ins Gespräch und erklärte, dass es durchaus möglich sei, diese Menge Treibstoff abzugeben. Er wedelte mit einem Bündel Banknoten – das Geld für den Empfang des Treibstoffs hatte man parat.

»Bloß, so große Mengen Zivilbenzin darf ich an keinen verkaufen.«

»Aber wir haben die Erlaubnis des Polizeikommissars von Ristijärvi«, sagte Kunitsin. »Und außerdem sind wir keine Zivilisten.«

Der Benzinverkäufer erklärte, dass es vielleicht am besten

wäre, ins Hinterzimmer zu gehen und dort die Sache zu besprechen. Er führte die Männer in sein kleines Büro, mehr ein Kabuff, wo er erklärte, dass er sechshundert Liter auf keinen Fall abgeben konnte.

»Mit dieser Menge könnte man eine ganze Woche lang fahren, sogar mit dem Schiff...«

Kunitsin ging nach draußen zum Auto und holte die Spiritusflasche, die fast hundertprozentigen Spiritus fortus enthielt, er schwenkte die Flasche vor der Nase des Verkäufers. Dessen Augen weiteten sich, er ächzte:

»300 Liter könnte ich Ihnen vielleicht geben.«

Kunitsin holte ein Glas mit Wasser aus der Toilette, goss Spiritus hinein und reichte dem Mann die Mischung. Savolenko fingerte wie in Gedanken an seinem Pistolenfutteral und blickte dem Mann dabei scharf in die Augen.

Bereitwillig kostete der Verkäufer das feurige Getränk, verzog das Gesicht mit glücklichen Tränen in den Augen und traf seine Entscheidung:

»Also gut, wenn Sie das Geld haben, warum nicht.«

Und sie hatten das Geld.

Der Verkäufer quittierte den Gutschein, legte ihn zusammen mit dem Geld in seine Registrierkasse. Kunitsin reichte ihm die Spiritusflasche, er hob sie sanft hoch und betrachtete den Inhalt gegen das Fensterlicht, der Spiritus schimmerte in der Flasche wie echter Kristall.

»Der ist wunderbar klar.«

Man ging nach draußen. Der Mann führte sie hinter das Haus und zeigte ihnen drei Benzinfässer für je zweihundert Liter. Er vermerkte auf den Fässern die Nummer des Gutscheins, gab den Männern eine Quittung und sagte ihnen, dass sie das Benzin sobald wie möglich vom Gelände abtransportieren sollten.

Es kostete harte Arbeit, ein 200-Liter-Fass in den Kofferraum des Autos zu hieven. Und die beiden Fallschirmjäger hätten es allein auch gar nicht geschafft, wenn sich nicht genügend Soldaten auf Urlaub gefunden hätten, die ihnen halfen. Kunitsin spendierte den Helfern einen Schluck aus der Flasche, und ihre Hilfsbereitschaft nahm geradezu rührende Ausmaße an. In bester Stimmung bugsierten sie das schwere Fass ins Auto.

Einige der Männer fuhren mit, um auf dem Hotelhof beim Ausladen zu helfen. Drei Touren waren nötig, denn ins Auto passte jeweils nur ein Fass. Das Dach des Kofferraumes blieb offen, es schlug klappernd auf das Fass, während Savolenko durch die Stadt zum Hotel fuhr.

Von Tour zu Tour wurden die fröhlichen Helfer immer hilfsbereiter, und als das letzte Fass auf dem Hof des Hotels abgesetzt war, schlugen sie vor, noch ein wenig Spiritus zu trinken, als krönenden Abschluss.

Kunitsin erklärte, dass es sich nicht schickte, auf dem Hof des Hotels zu saufen. Alle stiegen ins Auto, und Savolenko fuhr an den Stadtrand. Er fuhr ans Ufer des Kajaaninjoki, wo es eine geeignete offene Stelle im Eis gab, aus der das Wasser zum Verdünnen entnommen werden konnte.

Die ganze Gruppe ging gemeinsam aufs Eis. Savolenko und Kunitsin tranken selbst nicht, sondern begnügten sich damit zu servieren, und nebenbei fragte Kunitsin nach allem Möglichen, aber hauptsächlich nach Kriegsgeheimnissen. Bereitwillig erzählten die Männer, was sie wussten. Viel war es nicht, aber es genügte als Beweis dafür, dass die Apothekerin ehrlich gewesen war, als sie die Informationen ihres Mannes über die Frontereignisse wiedergegeben hatte.

Die Männer hockten sich an den Rand der Wasserstelle und mixten sich selbst die Spiritusdrinks, wobei sie nach folgendem Prinzip vorgingen: Zuerst nahmen sie einen kurzen beißenden Schluck aus der Flasche, dann warfen sie sich der Länge nach aufs Eis, tranken aus dem Loch ein paar gierige Schlucke Eiswasser, und zum Schluss stopften sie sich noch einen mehr oder weniger großen Schneeball in den Mund, um den vom Spiritus gereizten Gaumen und Hals zu kühlen. Das schwarze Flussbett machte ihnen keine Angst, fröhliches Gelächter schallte über das Eis, und die Zecher merkten nicht einmal, dass Savolenko und Kunitsin ins Auto stiegen und davonfuhren.

»Nette Kerle waren das ... mehr als eine halbe Flasche Spiritus haben sie uns dagelassen, und der Fluss ist voller Eiswasser ... was will man mehr!«

Und so verbrachten denn die Soldaten der finnischen Armee vergnügte Urlaubsstunden auf dem Eis des Flusses, in fröhlichem Beisammensein, einander Witze erzählend, nur manchmal blickten sie finster drein und starrten wortlos in den Fluss.

Die Fallschirmjäger fuhren ins Hotel zurück, wo ihre Benzinfässer hübsch aufgereiht im Innenhof standen. Kunitsin suchte nach dem Hausmeister, den er engagierte, auf die Fässer und das Auto aufzupassen und sie vor Dieben zu schützen. Der Mann versprach, sich um das Eigentum der beiden zu kümmern, und fragte nicht einmal, zu welchem Zweck und mit welchen Mitteln sie sich diese Mengen Treibstoff besorgt hatten.

Aber ganz war das Treibstoffproblem noch nicht gelöst. Savolenko erklärte, dass er ein paar Liter Äther benötigte. Als Begründung gab er an, dass das Benzin aus Kriegszeiten durch eine andere Flüssigkeit gehärtet werden müsste, damit es sich für den anspruchsvollen Schlund des Flugzeugmotors eignete. Seines Wissens war gerade Äther geeignet, das Benzin für die Sturmovik entsprechend stark zu machen.

Also war ein erneuter Besuch in der Apotheke fällig. Jetzt kam auch Savolenko mit. Die Männer gingen zur Rückseite des Gebäudes und klingelten an der Privatwohnung. Als das Dienstmädchen öffnete, meldete Kunitsin sich und seinen Gefährten an. Die Dame des Hauses empfing sie sofort.

Die schöne Apothekerin musterte Savolenko, der hoch aufgerichtet vor ihr stand. Über ihr Gesicht zog ein hübsches Lächeln, sie radebrechte ein paar deutsche Worte, man sah, dass Savolenko sie beeindruckte.

Perlendes Lachen schallte durchs Haus, und deutsches Geplauder mit einem Schuss Koketterie erfüllte den Salon. Das Dienstmädchen kochte Kaffee, der allen köstlich schmeckte. Seufzend erzählte die Apothekerin, wie einsam sie sich fühlte, da ihr Mann ständig an der Front war und höchstens zwei oder dreimal im Jahr auf Urlaub kam, obwohl es doch von Kajaani nach Kiestinki gar nicht so weit war.

»Können Sie sich vorstellen, was mein Mann letztens sagte, als ich ihn bat, öfter auf Urlaub zu kommen? Er sagte, dass der Krieg nicht von zu Hause aus und zu Fuß geführt wird. Natürlich ist es wichtig, die Russen zu erschießen, dagegen habe ich ja gar nichts.«

Immer wieder verirrte sich Savolenkos Blick zu der Frau, zu ihrem Nackenbogen, ihren Schultern, dem Bauch, den Füßen ... Wenn sie es merkte, errötete sie leicht, hüstelte und wechselte das Gesprächsthema, um seinen Blick von sich abzuschütteln. Andererseits gefiel ihr sein Interesse ganz eindeutig. Eigentlich hatte sie hier ihren eigenen kleinen Privatzirkel, zwei bemerkenswerte Männer, ein ehemaliger Pharmaziestudent und ein deutscher Feldwebel. Solche Bekanntschaften hatten vermutlich nicht viele Kajaanier jetzt im Krieg aufzuweisen. Sie selbst aber konnte hier über Apothekenangelegenheiten plaudern und dabei gleichzeitig den Deutschen anschauen, diesen so überaus gut aussehenden Mann, der einen Schnäuzer hatte, schwarz und groß, größer als Hitlers. Es war eine Sünde, zu denken, dass der Krieg nicht in jeder Hinsicht nur schlecht war, aber diesen Mann hatte gerade der Krieg nach Kajaani geweht, hier in ihren Salon, damit er hier Deutsch sprach und mit seinen dunklen Augen ihre Figur musterte.

Im Gespräch wurden jetzt die Russen kritisiert. Besonders Kunitsin tat sich hervor. Er wollte vor Lachen bersten, als er sagte:

»Sie sind übrigens furchtbar dreckig, die Russen. Stalin geht ja selber nicht in die Sauna, schläft in Stiefeln ...«

16

Nach einer Stunde verließen die Fallschirmjäger den Salon der schönen Apothekerin mit einem Lächeln auf den Lippen. In Kunitsins Rucksack steckten wieder zwei Liter Spiritus und in einer Stahlflasche noch mal dieselbe Menge Äther. Als Savolenko auf dem Hinterhof der Apotheke die Ehrenbezeugung machte, bewegten sich ganz reizend die Gardinen am Fenster des Salons.

Auf der Rückfahrt ins Hotel machten die Männer einen Abstecher in die Buchhandlung und kauften sich einen Kalender und einen Atlas. Es war Finnlands Wanderkarte vom Jahr 1936. Eilig strebten sie in ihr Zimmer, wo Savolenko sich daranmachte, die Karte zu studieren. Für ihre Zwecke war sie genau genug: Sogar die entlegenen Einödhöfe waren darin verzeichnet. Jetzt wussten die Männer ganz präzise, wo sie das Flugzeug versteckt hatten: Die Maschine wartete auf sie in den Wäldern hinter dem Dorf Luvankylä, Gemeinde Hyrynsalmi.

Savolenko stieß seine Stiefel von den Füßen und legte sich auf sein Bett. Er blickte an die Decke, es war zu erkennen, dass er scharf nachdachte.

»Ich habe mir überlegt, dass wir einen großen Skischlitten besorgen und darauf eine Lafette anbringen könnten. Damit würden wir ein Benzinfass in dieses Luvankylä bringen und das Flugzeug betanken, anschließend könnten wir fliegen und mit der Maschine den restlichen Treibstoff holen. Zum Beispiel könnten wir die restlichen zwei Fässer auf das Eis des Oulujärvi schaffen und dort die Sturmovik direkt betanken.«

Savolenko stand auf, öffnete die Schreibtischschublade, holte das Mannerheim-Porträt heraus, nahm die Ätherflasche aus Kunitsins Rucksack und kniete sich auf den Fußboden. Das Porträt drehte er um und stellte die Ätherflasche auf die Rückseite, wie eine Last.

»Sieh her, Vaska, mein Freund. Nehmen wir mal an, dies ist der Skischlitten, die Ätherflasche ist das Benzinfass. Zusammen wiegen beide etwa 250 Kilo. Zwei Männer sollten doch in der Lage sein, diese Last zu ziehen.«

Savolenko zog Mannerheims Porträt über den Fußboden, über den Flickenteppich hinweg, er hielt es schräg, die Flasche klapperte und wäre beinah heruntergerollt.

Kunitsin kniete sich ebenfalls hin, er wirkte nicht überzeugt. Er bewegte das Bild mit einer Hand auf dem Teppich hin und her, mit der anderen Hand hielt er die Flasche fest, damit sie nicht auf den Fußboden rollte.

»Das ist für zwei Mann schwer zu ziehen, über Dutzende Kilometer!«

Savolenko sagte, dass es zwar eine schwere Last sei, aber sie hätten ja auch Zeit, eine Woche, zwei oder auch drei.

Kunitsin schien sich nicht für den Gedanken erwärmen zu können. Er schob den Teppich zusammen, stieß das Porträt dagegen, es blieb in den Falten stecken, die Ätherflasche rutschte herunter und rollte unter den Schreibtisch.

»Wenn wir bergaufgehen müssen, dann passiert genau das«, sagte Kunitsin und erhob sich.

Savolenko zog den Teppich wieder glatt, sammelte die herumliegenden Gegenstände ein, schob das Mannerheim-

Porträt in die Schreibtischschublade und die Ätherflasche in Kunitsins Rucksack. Er legte sich wieder aufs Bett und zündete sich eine North State, eine finnische Zigarette, an.
»Eine andere Methode ist mir nicht eingefallen«, sagte er leise.
»Der Mensch ist ja kein Pferd«, erklärte Kunitsin. Er blätterte im Kalender, und um die Stimmung aufzulockern, übersetzte er für seinen Kameraden einige Stellen daraus ins Russische. Savolenko lag immer noch missmutig auf dem Bett und starrte in den Zigarettenrauch, der sich wie ein dekoratives blaues Band zur vergilbten Zimmerdecke hinauf kringelte.
Der Kalender enthielt erbauliche Sprüche für die Landbevölkerung, die jeweils in der oberen Ecke der einzelnen Blätter standen. Kunitsin las:
»Es ist noch Zeit, bis grün der Klee, doch Arbeit tut auch jetzt nicht weh ... Pflegst gut du Rind und Pferd und Schwein, wird es nicht dein Schaden sein.«
»Fang bloß nicht an, selber Verse zu drechseln«, äußerte Savolenko trocken.
Plötzlich spiegelte sich Interesse in Kunitsins Blick. Er las:
»Pferdemarkt in Nurmes 20.–21.3.«
Energisch klatschte Kunitsin den Kalender auf den Tisch. Er erzählte dem ungläubigen Savolenko, dass es in Finnland üblich war, spezielle Märkte für Tiere abzuhalten. Es war eine alte, reaktionäre Sitte: Auf den Märkten versammelte sich viel Volk, kaufte, verkaufte und tauschte Tiere, an bestimmten Tagen im Jahr. Hier wäre nun die großartige Gelegenheit, ein Pferd zu kaufen, und einen Schlitten könnte man vielleicht auch gleich erwerben.
Savolenko blätterte im Atlas. Er stellte fest, dass es von Kajaani nach Nurmes etwa hundertfünfzig Kilometer waren.

»Zu weit weg. Wie willst du hinkommen, und wie willst du das Pferd von dort hierherbringen?«, fragte er.

»Mit dem Zug kommt man hin«, freute sich Kunitsin. Dann wurde auch er ernst, denn in den Zügen fanden natürlich Kontrollen statt, und er, Kunitsin, hatte keine Urlaubspapiere, er würde gleich bei der ersten Kontrolle geschnappt werden.

Jetzt fand jedoch Savolenko eine Lösung.

»Erinnerst du dich an die Männer beim Eisloch, denen wir Spiritus dagelassen haben? Die hatten Urlaubspapiere! Sie sind bestimmt noch dort, wenn wir gleich aufbrechen.«

Eilig verließen die beiden das Hotel, fuhren mit dem Auto zu den Männern hinaus. Sie waren gespannt, ob die Zecher noch anwesend waren.

Zwei Soldaten und ein Zivilist waren noch auf dem Eis. Ziemlich trübsinnig hockten sie am Rand des Loches mit dem schwarzen Wasser, drehten die leere Spiritusflasche in den Händen, aus ihren Blicken sprach herzzerreißende Sehnsucht. Sie waren schwer betrunken, waren an jenem Punkt der Trauer angelangt, an dem kein Schnaps mehr da ist und niemand sagen kann, wie man an neuen kommt.

Die Fallschirmjäger kamen angerauscht und sprangen aus dem Auto. Kunitsin schwenkte eine volle Spiritusflasche, rief schon von Weitem:

»Grüß euch, Freunde! Wir haben euch Nachschub mitgebracht, wo ihr doch so hilfsbereit gewesen seid. Wir hatten schon Sehnsucht nach euch!«

An die Stelle der Niedergeschlagenheit trat glücklicher Eifer: Die Männer genossen den zusätzlichen Spiritus mit neugewonnenen Kräften. Das Wiedersehen rührte sie fast zu Tränen. Und weil es auf dem Eis zu kalt war, setzte man sich

zum Saufen ins Auto. Die Männer priesen Kunitsin um die Wette.
»Du bist wahrhaftig der beste Kerl der Welt, und auch dieser Deutschmann ist nicht übel, guter Mann für einen Deutschen!«
Savolenko stellte die Ätherflasche unter den Vordersitz, schraubte sie auf. Unruhiges Äthergas strömte in das geschlossene Fahrzeug. Die Fallschirmjäger stiegen aus, ließen die Finnen drinnen weitertrinken. Die Türen knallten sie kräftig zu, damit kein Äther nach draußen entweichen konnte. Die Bewegungen der im Auto sitzenden Zecher wurden langsamer, der Äther begann bereits zu wirken.
Es vergingen nicht viele Minuten, bis der erste Mann schlappmachte, und bald auch der nächste. Der letzte sagte, bevor er wegtrat:
»Wahnsinnig gut, dieses Gesöff ...«
Rasch durchsuchten Kunitsin und Savolenko die Geldbörsen der Männer. Sie nahmen die Papiere an sich, das Passende auswählen konnten sie dann später. Geld besaßen die Männer nicht in der Menge, dass es die beiden gereizt hätte. Savolenko verschloss die Ätherflasche, und dann hoben sie die Männer aus dem Auto und nach draußen in den Schnee, damit sie zu sich kommen konnten.
Savolenko und Kunitsin zogen die benebelten Männer ans Wasserloch, gossen ihnen eiskaltes Wasser ins Gesicht. Bald waren sie wieder wie vorher, genauso lebhaft und genauso erpicht auf weiteren Spiritus. Ein wenig wunderten sie sich freilich, dass sie eingeschlafen waren, aber als Kunitsin ihnen erklärte, dass sie im Auto schlappgemacht und etwa zwei Stunden geschlafen hatten, glaubten sie es und mischten sich mit der früheren Freude ihre Spiritus-Longdrinks am Eisloch.

Die Fallschirmjäger warnten die Männer vor der Gefahr, ins Eisloch zu fallen. Dann verabschiedeten sie sich von den Dokumentenlosen und fuhren davon.

Auf der Fahrt ins Hotel planten sie, was sie als Nächstes tun wollten. Sie beschlossen, dass Savolenko das Auto zum Polizeichef nach Ristijärvi zurückbringen und versuchen sollte, sich bei der Apothekerin einzuquartieren. Kunitsin würde sich eine Fahrkarte nach Nurmes kaufen, würde dort ein Pferd besorgen und mit ihm im Zug nach Kontiomäki zurückkommen. Inzwischen würde Savolenko das Benzin ebenfalls nach Kontiomäki an einen sicheren Ort bringen. Kunitsin würde dann einfach bei der Apothekerin anrufen und ein Treffen mit Savolenko vereinbaren. Sie würden die Fässer auf einen Schlitten laden und mit Hilfe des Pferdes zum Flugzeug transportieren. Wie einfach doch alles war!

»Bald sind wir wieder bei den Unsrigen, vielleicht bekomme ich Urlaub und kann nach Moskau fahren«, freute sich Savolenko. »Wer weiß, ob Ludenka noch lebt ... aber Moskau ist ja nicht gefallen. Gut möglich, dass sie noch lebt.«

17

Kunitsins Zug nach Kontiomäki fuhr am Abend ab. Nur wenige Leute reisten mit, vielleicht hatten die Kajaanier um diese Zeit nichts im Norden zu erledigen. In Kontiomäki stieg Kunitsin aus und kaufte sich eine Fahrkarte nach Nurmes. Der aus Oulu kommende Zug hatte viele Stunden Verspätung. Die öde Wartezeit nutzte Kunitsin dafür, ein wenig in der Umgebung des Bahnknotenpunkts Kontiomäki herumzulaufen. Er studierte die Gegend mit dem Ziel, sich hier notfalls sogar nachts orientieren zu können. Denn hierher würde er mit dem Pferd kommen, sofern es gelingen sollte, ein Pferd zu kaufen. Wie würde er wohl mit dem Geld auskommen? Er wusste nicht, was Pferde in Finnland während des Krieges kosteten. Das würde sich vor Ort zeigen.

Erst mitten in der Nacht kam der Zug aus Oulu an. Es war ein langer Urlauberzug, der stille Bahnhof füllte sich mit Soldaten, die ausstiegen, um die Glieder zu recken und um zu rauchen. Kunitsin stieg ein, fand einen Sitzplatz in einem engen Waggon, in dem es nach dem Schweiß der Soldaten roch und die Luft blau vom Zigarettenqualm war. Matte Deckenlampen leuchteten, Luftangriffe hielt man anscheinend nicht für wahrscheinlich, der Zug war nicht verdunkelt.

Als der Zug Wasser aufgenommen hatte, pfiff er kurz und ruckte an. Die Fahrt nach Südosten und Osten begann. Die müden Urlauber schliefen ein, suchten sich eine bequeme

Sitzhaltung. Sie schliefen mit dem Kopf an der Nackenstütze oder der Wand, im Schutz ihres Mantels oder nur mit der Soldatenmütze über den Augen.
Der Schaffner kontrollierte die Fahrkarten und die Bonusscheine. Er wunderte sich zwar ein wenig, dass Kunitsin eine Fahrkarte, aber keinen Bonusschein besaß, ließ die Sache aber auf sich beruhen, als Kunitsin erklärte, dass er seine Verwandtschaft in Nurmes besuchen und nicht nach Aunus an die Front wolle.
Die Soldaten unterhielten sich über die Situation an der Front. Die meisten waren überzeugt, dass der Russe spätestens jetzt im Frühjahr versuchen würde durchzubrechen. Einer spielte leise Mundharmonika. Die Stimmung im Zug war müde-angespannt: Die Männer kehrten nach ihrem Urlaub widerwillig an die Front und in ihre Einheiten zurück, und es war unschwer zu erkennen, dass der Krieg sie schlauchte, das ferne Karelien war ganz sicher nicht ihr Traumziel. Je weiter sich der Zug von der Heimatregion entfernte, desto weniger wurde über sie gesprochen, aus Urlaubern wurden wieder Soldaten. Der Mundharmonikaspieler wischte den Speichel aus seinem Instrument, und dann schlief auch er ein. Die Zugfenster waren dick vereist, hinter ihnen schimmerte die schwarze Nacht, das gedämpfte Rattern der Räder wirkte einschläfernd auf alle.
Kunitsin betrachtete die schlafenden Krieger: Jeder dieser Männer war sein Feind. Sie waren einfache Männer aus dem Volk, Arbeiter des Krieges, die in den Weltkrieg mit hineingerissen worden waren, ohne eigenes Dazutun, gezwungen von einer fernen Macht. Kunitsin dachte bei sich, dass jetzt für ihn die Gelegenheit günstig wäre, den Kampf gegen diese Männer aufzunehmen: Er müsste dafür sorgen, dass der ganze Zug aus den Schienen sprang, müsste ein Un-

glück herbeiführen ... eine Handgranate in der Lok oder ein Feuer im Tender, einen Balken auf die Schienen?
Diese Männer waren unterwegs an die Front, auf die andere Seite jener selben blutigen Linie, hinter der Kunitsins eigene Landsleute gerade unter der Härte dieser Männer litten, verwundet wurden, in den Kämpfen fielen, durch die Hand dieser Männer. Kunitsin dachte an seine Wohnung in Leningrad: Ob das Haus überhaupt noch stand, oder hatten die feindlichen Bomben es zermalmt? Er dachte an den winterlichen Friedhof in der eingeschlossenen Stadt: Es war Januar, strenger Frost, er brachte eine Medikamentenlieferung in die 45. Apotheke. Diese Abkürzung war der traurigste Weg, den er je gegangen war, denn auf dem Friedhof war gerade eine unbekannte Zahl Toter abgeliefert worden, Bürger der Stadt, die verhungert waren. Soldaten sprengten Massengräber in den vereisten Boden, in die die ausgemergelten Leiber hineingeworfen wurden. Für die Gräber wurden stets Leichen in ganzen Haufen gesammelt, vereiste Tote, grausiges Futter des Kriegsgottes.
Wie gern wäre er jetzt sofort aufgestanden, in den Gang hinausgegangen und hätte die finnischen Soldaten geweckt, hätte sie zusammengerufen und ihnen erzählt, wie die Dinge in Leningrad standen, erzählt, welche Gräueltaten Hitlers Truppen fortwährend begingen. Wussten diese Soldaten denn gar nicht, welche Sache sie vertraten, waren sie vollkommen gefühllose Schädlinge, dass sie in einem so irrsinnigen Krieg kämpften?
»Der Nachbar kann anscheinend auch nicht schlafen«, sagte ein Zivilist, der Kunitsin gegenübersaß, er war etwa sechzig, schmuddelig und sah ziemlich listig aus. Er holte einen Satz Spielkarten aus der Tasche und schlug vor, zum Zeitvertreib zu spielen.

Kunitsin fuhr zusammen, die Erinnerungen an seine leidende Heimatstadt traten in den Hintergrund. Widerwillig begann er, mit dem Mann Karten zu spielen. Es stellte sich heraus, dass er gar keine finnischen Glücksspiele kannte, und als sein Gegenüber das merkte, begann er eifrig, Kunitsin Poker beizubringen. Das Spiel war denn auch recht interessant. Kunitsin lernte seine einfachen, gierigen Regeln schnell, und das leise Kartenklopfen im Abteil dauerte bis in die Morgenstunden fort.

Der Spieler erzählte von sich: Er war Geschäftsmann und in vielen Geschäften zu Hause, unschlagbar auf seinem Gebiet:

»Was glaubst du, wie ich mich gefreut hab, als dieser neue Krieg ausbrach. In solchen Zeiten ist Geld im Umlauf, überall werden Geschäfte gemacht, was das Zeug hält. Ich hab's mir schon ausgerechnet, was es einbringt, falls der Krieg andauert, und sei's nur ein halbes Jahr – mir wär's recht ... und er läuft ja schon etliche Zeit. Ich hab ein Haus in Kestilä, zwei Dienstmädchen, in Lieksa ein zweites Haus, drei Dienstmädchen ...«

Der Mann war also wieder mal unterwegs, aus Kestilä kommend.

»So fahre ich fleißig hin und her, ich vertrete die Achsenmacht Kestilä – Lieksa.«

Über die Art seiner Geschäfte erzählte der Mann nichts, und er stellte sich auch nicht vor. Auf dem Kopf trug er eine weiße Pelzmütze, eine ähnliche hatte Kunitsin bei Mannerheim gesehen, auf jenem Bild, das Savolenko im Hotelzimmer abgenommen und in die Schreibtischschublade gesteckt hatte. Anscheinend hatte der Mann derartig Angst um seine Mütze, dass er sie die ganze Zeit auf dem Kopf behielt, obwohl es im Waggon heiß war. Im Schweiße seines

Angesichts, mit wachsam funkelnden Augen teilte er seine glatten Karten aus. Kunitsin verlor ein bisschen an ihn.
Im Morgengrauen hielt der Zug überraschend an. Die Soldaten wachten auf und fragten sich untereinander, ob man bereits in Nurmes war. Aber das war nicht der Fall, vielmehr war der Zug auf einsamer Waldstrecke von einer Streife, bestehend aus vier Militärpolizisten, gestoppt worden. Das Auto der Polizisten stand auf der Landstraße neben der Bahnstrecke, der Motor lief, aus dem Auspuff wirbelten weiße Abgase in die Frostluft.
»Die verfluchten Bullen holen sich wohl wieder mal Butter«, knurrte einer der Soldaten und klemmte seinen Rucksack fest zwischen die Beine.
Die Militärpolizisten stiegen in den Nachbarwaggon, dort begann die Kontrolle in zwei Richtungen, jeweils zur Spitze und zum Ende des Zuges hin.
Kunitsins Spielpartner erschrak außerordentlich über die unerwartete Kontrolle der Militärpolizei, und das anscheinend nicht ohne Grund. Er entnahm seiner Pelzmütze ein dickes Bündel Geldscheine, steckte es Kunitsin heimlich zu und flüsterte rasch:
»Nimm das Geld, wir treffen uns morgen in Nurmes hinter dem Bahnhof, du kannst einen Teil behalten ... um fünf Uhr nachmittags, du betrügst einen ehrlichen Geschäftsmann hoffentlich nicht ...«
Eine flinke Hand steckte in Kunitsins Manteltasche ein Bündel, das mehrere Zentimeter dick war. Gleichzeitig stand der Mann auf und bewegte sich flink und lautlos zum Verbindungsgang, der zum nächsten Waggon führte. Die Militärpolizisten kamen bereits in den Waggon, sie waren zu zweit.
Für die Soldaten interessierten sich die Militärpolizisten

überhaupt nicht. Sie kontrollierten die Papiere der Zivilisten und durchsuchten sämtliches Gepäck. Im Waggon saßen nur wenige Zivilisten, sodass die Kontrolle bald vorbei war. Die Polizisten gingen in den nächsten Waggon. Bald war der ganze Zug kontrolliert. Kunitsin lugte aus dem Fenster, wollte wissen, ob sein Spielpartner geschnappt worden war. Neben dem Zug standen vier ratlose Militärpolizisten, die Kontrolle schien vergeblich gewesen zu sein. Was sie gesucht hatten, das hatten sie nicht gefunden. Zwei Militärpolizisten stiegen ins Auto, die anderen beiden wieder in den Zug. Das Auto fuhr ab, der Zug ebenfalls. Die Straße folgte dem Bahndamm. Das Auto war anfangs schneller und ließ den Zug hinter sich, aber als der Zug an Tempo gewann, holte er das Auto ein und überholte es schließlich. Dann führte die Straße von den Bahnschienen weg, und das Auto verschwand hinter schneebedeckten Bäumen und aus dem Blickfeld.

Kunitsin trat in den Verbindungsgang. Er bekam Angst, dass die beiden Militärpolizisten, die wieder eingestiegen waren, auch bei den Soldaten eine gründliche Kontrolle durchführen würden. Das Geld in seiner Manteltasche drückte und brannte. Der Zwischengang war ein guter Aufenthaltsort, von dort konnte man auf den Bahndamm hinunterspringen, falls es unbedingt nötig sein sollte. Kunitsin öffnete die Waggontür und musterte den Bahndamm, der im brausenden Wind an den Augen vorbeiflitzte. Allerdings konnte es auch schlecht ausgehen, wenn man aus dem Zug sprang.

Oben auf dem Waggondach sah Kunitsin einen Männerstiefel, dessen Spitze sich auf die Dachrinne stützte. Dort oben befand sich also ein Mann, anscheinend war Kunitsins Spielpartner über die Leiter hinaufgeklettert. Auf diese Weise also hatte er sich vor den Militärpolizisten gerettet.

Aber im Wind auf dem Waggondach war es sicher furchtbar kalt. Warf der Luftstrom den Mann nicht hinunter und zwischen die Waggons? Aus der Stellung des Stiefels ließ sich schließen, dass der Mann dort oben lag. Stehend hätte er es bei dem Tempo auch gar nicht ausgehalten.

Die Militärpolizisten kontrollierten erneut sämtliche Waggons, durchsuchten die Toiletten, tasteten sogar den Raum unter den Bänken ab. Sie wirkten ratlos und nervös. Als sie an Kunitsin vorbeikamen, beachteten sie ihn gar nicht. Wahrscheinlich kannten sie denjenigen, den sie suchten, vom Äußeren her.

Dann hatte einer der beiden den Einfall, noch auf dem Dach des Zuges nachzusehen. Er kletterte auf der außen neben der Tür angebrachten Leiter nach oben, spähte über die Dachrinne hinweg. Sofort sah er den Gesuchten. Mühsam hangelt er sich ganz hoch, und der zweite Polizist folgte ihm. Kunitsin schlüpfte rasch in seinen Waggon, es war derselbe, auf dessen Dach sich der Spieler und die beiden Polizisten jetzt befanden.

Von oben war Getrappel zu hören, anscheinend liefen die beiden Militärpolizisten dort herum. Vermutlich warf der Wind sie immer wieder zu Boden, denn zwischendurch waren lautes Dröhnen und Flüche zu hören, sogar durch das Dach hindurch war auszumachen, wann die Polizisten fluchten. Und bald darauf ertönte lautes Lärmen und Geschrei vom hinteren Teil des Waggons. Dann krachte ein Schuss, im Dach entstand ein Loch, die Kugel schlug im Fußboden ein. Sie hatte niemanden getroffen. Die Soldaten im Wagon sprangen von ihren Plätzen hoch und stürzten auf den Gang, und im selben Moment hörte der Lärm auf dem Dach auf. Jemand zog die Notbremse, mit knirschenden Rädern hielt der Zug an, aus voller Fahrt heraus

brauchte er dafür einige hundert Meter. Sowie der Zug hielt, kletterten ein paar Soldaten aufs Dach.
»Hier ist niemand mehr«, riefen sie herunter.
Der Spieler und die Militärpolizisten waren also vom Dach gefallen. Eine Gruppe Männer schritt auf dem schneebedeckten Bahndamm zum Ende des Zuges, um die Heruntergefallenen zu suchen. Besondere Eile legten sie nicht an den Tag, vermutlich waren die Militärpolizisten nicht besonders beliebt, und allen war es egal, ob sie eventuell größere Probleme hatten.
Aber die vom Dach gefallenen Männer waren nicht verletzt. Die Militärpolizisten kamen anmarschiert, zwischen ihnen der Spieler. Alle waren von oben bis unten voller Schnee, der Spieler hatte einen großen Fleck im Gesicht, wahrscheinlich hatte er einen Faustschlag abbekommen. Die weiße Pelzmütze trug er nicht mehr, die hatte sich einer der Polizisten aufgesetzt.
Die Militärpolizisten brachten den Spieler in den Waggon des Schaffners. Von dort ertönten Gepolter und Gejaule, und dann fuhr der Zug auch schon ab, sodass man das Geschehen nicht weiter verfolgen konnte.
Im Waggon verursachte der Fall eine allgemeine Diskussion.
»In Kriegszeiten sind alle möglichen Typen unterwegs.«
»Der Kerl muss wichtig gewesen sein, weil sie ihn so verbissen gejagt haben.«
»Die Trottel haben ein Loch ins Zugdach geschossen.«
Kunitsin ging in die Toilette, um das Geld zu zählen, das er bekommen hatte. Es waren mehr als zwanzigtausend Mark. Das Bündel war so dick, dass, als er es in den Stiefel steckte, der Fuß nicht mehr richtig Platz fand, es drückte. Kunitsin versuchte im Verbindungsgang damit umherzugehen, mit

dem Geldbündel im Stiefel musste er humpeln. Er ging wieder in die Toilette, teilte das Geldbündel und steckte in jeden Stiefel eines. Jetzt passten die Füße besser hinein, und als er zu seinem Platz im Waggon zurückging, hatte er das Gefühl, um mindestens einen Zentimeter gewachsen zu sein. Auch sonst hatte sich seine Stimmung gehoben. Er musste nur aufpassen, dass die Stiefel nicht nass wurden, damit die Scheine beim Gehen nicht zermatschten. Kunitsin stand jetzt auf einer stabilen materiellen Basis.

Am Morgen traf der Zug in Nurmes ein. Viele Reisende stiegen hier nicht aus, aber einige Fronturlauber stiegen zu. Als die Militärpolizisten aus dem Waggon des Schaffners kamen, mitsamt dem Mann, den sie verhaftet hatten, sah man, dass inzwischen sein ganzes Gesicht blau war und dass er nur mühsam gehen konnte. Kunitsin zeigte sich ihm nicht, sondern ließ die Militärpolizisten ihren Gefangenen durch das Bahnhofsgebäude und in die Stadt bringen. Erst dann verließ er den Bahnhof. Es war ein außerordentlich schöner Frostmorgen, die Sonne schien vom wolkenlosen Himmel, so wie sie es schon fast zwei Wochen lang getan hatte. Dieser Frühling war wirklich wunderschön! Geldschweren Schrittes betrat Kunitsin ein Lokal, um zu speisen.

18

Gennadi Savolenko fuhr nach Kunitsins Abreise zur Apothekerin. Er gab all seine Sachen und auch Kunitsins übriggebliebene Ausrüstung in ihre Obhut. Sie schloss alles im Vorraum eines Hofgebäudes ein. Er bedankte sich sehr für ihre Hilfsbereitschaft und wollte schon gehen, aber sie bat ihn, doch auf einen Kaffee hereinzukommen.

»Sie stammen doch aus Bayern, Herr Offizier? Es wäre ganz herrlich, einmal die Gelegenheit zu bekommen, Ihr Bayern kennenzulernen!«

Savolenko hatte eigentlich keine Zeit, länger zu bleiben, denn es wurde bereits Abend, und er musste das Auto zum Polizeikommissar nach Ristijärvi bringen. Aber die Anziehungskraft der Frau war stärker als der Zeitdruck, und so folgte er ihr ins Haus und in den Salon, wo er ihr gegenüber am Teetisch Platz nahm. Sie knetete den Rand der Spitzendecke, wahrscheinlich war sie ein wenig nervös, jetzt, da sie beide erstmals unter sich waren. Savolenko war ebenfalls verwirrt, er hätte sich gern eine North angesteckt, vermutete aber, dass Rauchen in dieser Situation nicht angebracht war.

»Das Dienstmädchen reinigt gerade die Waschküche, ich serviere diesmal selbst«, verkündete sie und stellte zierliche Kaffeetassen auf den Tisch, und wieder wurde richtiger Kaffee eingeschenkt. Es gab auch Kuchen, in Sahne und Butter gebacken, das schmeckte Savolenko heraus. In Leningrad gibt es solche Delikatessen nicht, dachte er wütend, aber als er die Frau anschaute, verschwand seine Wut auf Nimmerwiedersehen.

Von seinem Leben in Deutschland wusste Savolenko nicht viel zu erzählen, er wich Fragen aus, entwickelte aber trotzdem eine Art Lebenslauf für sich, damit er nicht abweisend wirkte. Nach dem Kaffeetrinken stand die Apothekerin auf und zeigte Savolenko ihr Heim. Die beiden gingen durch zwei kleinere Räume, in einem war die Bibliothek untergebracht, im anderen stand ein Doppelbett. Die Apothekerin setzte sich auf die Bettkante, Savolenko blieb stehen und wusste nicht, wohin er sich setzen sollte. Sie streichelte die Tagesdecke, blickte ihm in die Augen. Daraus schloss er, dass er sich vielleicht neben sie setzen sollte. Er machte einen Schritt in Richtung des Bettes, aber dann verließ ihn der Mut, er hielt inne und sagte fast militärisch, dass er jetzt gehen müsse.

»Die Kriegshandlungen warten, gnädige Frau.«

Auf dem Nachtschrank tickte ein großer Wecker, draußen hinter der hellblauen Gardine schimmerte das winterliche Dämmerlicht des Nachmittags, die Situation war festgefahren und zugleich spannungsgeladen: wie jetzt weiter, wie zurück? Die Apothekerin stand auf, fasste Savolenkos beide Hände und sagte weich:

»Wenn Sie wieder in Kajaani sind, rufen Sie mich an oder kommen Sie her ... mein Mann kommt erst in zwei Monaten wieder auf Urlaub. Sie sind ein so guter Gesprächspartner.«

Sie lächelte Savolenko herzzerreißend sanft an, sah ihm in die Augen, beugte den Hals wie ein sich langsam bewegender Vogel, hieraus schloss er ganz richtig, dass er die Mauer der Freundschaft durchbrechen und die Frau küssen müsste, auf dem Pfad der Verliebtheit den ersten Schritt machen müsste, von der Freundschaft zur Liebe. Er erledigte die Sache, machte dann mit rotem Gesicht die Ehrenbezeugung und stiefelte aus dem Zimmer hinaus in den Frost. Noch als er den Wagen des Kommissars startete, leckte er sich die Lippen, saugte an seiner Zunge, auf der er noch die flüchtige Berührung durch die kultivierte Zunge der Apothekerin zu spüren glaubte.

Savolenko startete nach Ristijärvi, fünfzig Kilometer von Kajaani entfernt. Der Frost zog an, die Autofenster mussten mit einem Lappen abgerieben und vom Eis befreit werden. Der Mond ging nicht auf, die finnische Einödlandschaft war dunkel. Auf der Straße herrschte kaum Verkehr, Savolenko konnte schnell fahren, und das gefiel ihm. Die Freude am Fahren verleitete ihn wieder dazu, russische Volksweisen zu singen, nur schade, dass niemand sie hörte, so schön, wie der Mann sang.

Als er sich Ristijärvi näherte, bekam er Bedenken wegen der Begegnung mit dem Kommissar. War womöglich seine falsche Identität aufgeflogen? Und er brachte das Auto erst jetzt am Abend zurück, vielleicht war der Kommissar schon ungehalten wegen seines Ausbleibens?

Und es gab noch ein zweites Problem: Wie sollte er von Ristijärvi wieder nach Kajaani gelangen? Auch das musste noch irgendwie geregelt werden. Vielleicht könnte er mit dem Zug oder irgendeinem Auto zurückfahren? Allerdings wurde es jetzt Nacht, sodass keine Züge oder Busse mehr fuhren.

In Ristijärvi fuhr Savolenko direkt zum Amtssitz des Polizeikommissars. Er schaltete den Motor aus und ging nach drinnen, um sich zu melden. Der Kommissar war in Haus-

kleidung, er bot Savolenko eine Zigarette an, forderte ihn auf, sich zu setzen. Er erwähnte, dass er ein wenig besorgt gewesen war wegen des Autos, weil sich die Rückführung so lange verzögert hatte, tadelte aber Savolenko nicht direkt deswegen. Er erkundigte sich, wie die Sache in Kajaani abgelaufen war, und dann sagte er, dass der Herr Feldwebel zu einem entspannenden abendlichen Kaffee bleiben könnte. Es wäre angenehm, über die Kriegshandlungen der Deutschen hier im Norden zu plaudern, wie er fand.
»Und warum nicht auch ganz allgemein«, ergänzte er.
Savolenko brach trotzdem auf.
»Die Pflicht ruft«, sagte er und ging hinaus in die Nacht.
Jetzt herrschte schon mächtig strenger Frost, gut dreißig Grad vermutlich. Lange in Ristijärvi zu bleiben, war nicht gesund, hier liefen Deutsche herum, mit denen Savolenko nicht zu tun bekommen durfte. Kajaani war es, wohin er musste, schon allein deshalb, weil die schöne Apothekerin dort sehr wahrscheinlich hinter ihren Gardinen wartete.
Warum sollte er eigentlich nicht zu Fuß nach Kajaani gehen? Bei den Luftstreitkräften der Roten Armee hatte man sie gelehrt, dass die forsche Infanterie mit sechs Stundenkilometern marschierte. Wenn er jetzt losginge, wäre er morgens am Ziel.
Entschlossen machte sich Savolenko auf der freigepflügten Straße in Richtung Kajaani auf den Weg. Es war bereits dunkel, die Straße war nicht mehr zu sehen, die Richtung ließ sich anhand des Himmels bestimmen, der sich hell und sternenreich über der Straße wölbte. Hin und wieder trat Savolenko auf den seitlichen Randstreifen, korrigierte dabei die Richtung, und weiter ging's durch die strenge Frostnacht.
Im Umkreis der Straße gab es kaum Ansiedlungen. Savo-

lenko war bereits eine ganze Stunde unterwegs und hatte nur drei Häuser passiert. Dieses Land war tatsächlich dünn besiedelt! Wie war es möglich, dass Finnland so viele Soldaten an die Front schicken konnte, wo waren die Hunderttausenden Männer aufgewachsen?

Der Frost war wirklich streng. Savolenko musste sich immer wieder das Gesicht reiben, damit es nicht erfror. Er verfluchte seinen deutschen Waffenrock, der aus Sommerstoff zusammengepfriemelt war und der unter diesen arktischen Bedingungen dem Träger nicht genügend Schutz bot. Savolenko begann zu fürchten, dass er erfrieren könnte, falls der Frost noch weiter anzog ... In diesem Falle bliebe die Sturmovik hier auf feindlicher Seite, stünde nutzlos in der Wildnis ... das wäre ein großer Schaden für die Rote Armee. Und er selbst würde nie mehr seiner Frau Ludenka begegnen ... An diesem Punkt schweiften seine Gedanken nach Kajaani ab, in die hinteren Räume der Apotheke, und ein Hauch von Scham streifte sein Gewissen.

Savolenko wanderte eine zweite Stunde und eine dritte. Er wurde müde, aber die Stadt Kajaani kam einfach nicht in Sicht. Seine Hände froren ganz jämmerlich, er musste sie immer wieder zwischen den Schenkeln reiben. Die einsame dunkle Straße war und blieb endlos lang. Savolenko sagte sich mittlerweile, dass sein Entschluss, von Ristijärvi nach Kajaani zu Fuß zu marschieren, vollkommen unsinnig gewesen war. Ein Fußmarsch bei solchem Frost war überraschend hart. Unentwegt musste man aufpassen, dass das Gesicht und die Hände nicht erfroren.

Wer könnte einem einsamen Mann in diesem dunklen Feindesland, bei schwarzem Frost und mitten in der Nacht helfen? Savolenko begann zu fürchten, dass er auf der eisigen Landstraße sterben könnte, und seine Leiche würde

man erst am nächsten Tag finden und zur Untersuchung fortschaffen. Sofern nicht die Wölfe sie noch vor Morgengrauen in den Wald schleppen und zerreißen würden …
Savolenko hatte nicht mal eine Taschenlampe bei sich, auch keinen Rucksack, keine Axt … im Wald zu lagern war unmöglich. Er hatte nur die schwere Pistole im Futteral an der Hüfte, aber die war ihm jetzt keine Hilfe, der Wald würde dem Wanderer keinen Schutz bieten, selbst wenn der ihm mit der Pistole drohte.
Der sternenklare Himmel wölbte sich wie eine funkelnde Matte über dem jämmerlich frierenden Fallschirmjäger, eisige Kälte strahlte der Himmel aus, kein bisschen Mitgefühl. Der Wanderer war müde, und er wünschte sich, dass am Straßenrand wenigstens ein einziges Haus stünde, zu dem er streben könnte, rein ins Warme und raus aus den Krallen des Frostes. Aber es war Nacht, in den Häusern schliefen alle, und beleuchtete Fenster, die auf eine Behausung hingedeutet hätten, waren nicht zu sehen.
Was für ein schreckliches Land Finnland doch war!
Wie war es möglich, dass in diesem Eisschrank ein lebendes Wesen zur Welt kommen und aufwachsen, zum Menschen reifen konnte? Für einen Menschen war diese elende Frostkammer nicht gedacht, sie war geeignet für weiße Banditen, kaltherzige Schlächter … solche Gegenden waren eine Strafe für ihre Bewohner, ein Erdenwinkel schlimmer noch als Sibirien …
Am Himmel waren Polarlichter aufgetaucht. Verwundert und beklommen betrachtete der Fallschirmjäger sie: Nie zuvor hatte er solche Feuer am Himmel gesehen, kannte sie nur vom Hörensagen.
Flammen züngelten an der nördlichen Hälfte des Himmels, Kriegsfeuer waren das nicht. Es waren also die Nordlichter

der Polarregion, von denen während des Winterkrieges in den Kursen der roten Flieger die Rede gewesen war. Vielfarbig, ungezügelt, ihre Form launisch wechselnd zogen sie den Fallschirmjäger in ihren Bann, es war, als hätte die unmäßige Kälte ihre Gestalt angenommen, um zu beobachten, wie der arme einsame Soldat auf der eisigen Landstraße dem Frost erliegt.

»Heilige Jungfrau ...«

Aus der Ferne war klagendes Heulen zu hören. Savolenko lauschte. War dort ein Wolf, ein Wolfsrudel? Er holte die Pistole hervor, spannte sie. Zwischendurch hielt er inne, um zu lauschen. Wieder ertönte das Geheul, und noch lauter. Jenes ferne Wesen klagte mit schneidender Stimme, grenzenlose Traurigkeit schwang in dem Geheul mit. Wem wollte jenes unglückliche Tier etwas mitteilen, was wollte es sagen? Hatte es eine Botschaft für Savolenko, eine Todesnachricht für den russischen Fallschirmjäger, der frierend durch die unendlichen Weiten des Feindeslandes ging? Mit dem kalten Eisen in seiner Hand marschierte Savolenko weiter.

2. Teil

Das Pferd

19

Kunitsin nahm sich in der Herberge von Nurmes ein Zimmer. Der Markt würde erst am folgenden Tag beginnen. Das Leben in dem Städtchen verlief ruhig, noch ruhiger als in Kajaani. Kunitsin fragte sich besorgt, ob jetzt, da doch Krieg herrschte, überhaupt genug Pferde auf dem Markt angeboten würden.

Am Nachmittag kam die Zeitung ins Fremdenheim, Kunitsin studierte sie zum Zeitvertreib. Das Blatt war voll mit den üblichen Kriegsmeldungen, die Hauptschlagzeile lautete: »Bolschewiken verlieren 1587 Flugzeuge in zwei Monaten – ständige Angriffe der sowjetischen Truppen auf die Halbinsel Kerts bleiben vergeblich.«

Außerdem wurde berichtet, dass die Japaner sehr aktiv waren: In die Mandschurei waren Truppen verlegt worden, ebenso nach Sachalin.

Von den Finnen hieß es, dass sie bei Aunus reichlich Kriegsbeute gemacht hätten. Hundert Russen waren angeblich gefallen.

Was die weltweiten kriegerischen Auseinandersetzungen betraf, so wurde Folgendes vermeldet: Auf den Philippinen gab es »wieder Aktivitäten«, und die Türkei hatte Schwierigkeiten wegen ihrer Neutralität. Und nach Australien war eine beachtliche Zahl amerikanischer Truppen geschickt worden, wie Kunitsin zufrieden registrierte.

Die finnische Nachrichtenagentur hatte ebenfalls eine kleine Meldung beigesteuert, und die besagte, dass Schweden von Ungarn 60 000 Hasen samt Fell gekauft hatte. Die Hasen würden baldmöglichst nach Schweden geliefert – die ersten 25 000 Exemplare waren bereits unterwegs. Außerdem wurde noch erwähnt, dass »fast die gesamte erworbene Partie für Restaurants bestimmt ist«.

Voller Neid las Kunitsin von diesen Delikatessen. Aber dann erwachte sein Fallschirmjägerinstinkt: Für welchen speziellen Zweck wurde wohl urplötzlich diese Menge Hasen benötigt? Er war sich sicher, dass es hier um etwas Wichtiges ging ... vielleicht erweiterten die Deutschen ihre Durchgangstransporte im Eismeer? Womöglich kaufte Schweden die 60 000 Hasen ein, um die Offiziere der Naziarmee zu verwöhnen, während diese durchs Land reisten? In dem Falle handelte es sich um Truppentransporte gigantischen Ausmaßes. Das Gleichgewicht am Eismeer wäre damit absolut in Gefahr. War Murmansk jetzt tatsächlich bedroht, und rissen dadurch die Verbindungen der Sowjetunion in den Westen ab? Kunitsin vermutete, dass gerade die Deutschen imstande waren, auch während des Krieges in Hasenfleisch zu schwelgen, und vielleicht wollte das kleine Schweden mit Hasenbraten seinem Land die Unabhängigkeit von den Militärs des Tyrannensystems erkaufen?

Kunitsin beschloss, diese geheimnisvolle kleine Nachricht an den Stab der 186. Division zu melden, sobald er und Savolenko wieder zum Flugzeug gelangen würden und er sein Funkgerät benutzen konnte.

Am nächsten Tag besuchte Kunitsin den Markt, wo bereits lebhafter Betrieb herrschte: Etwa zwanzig Pferde konnten die Käufer sich anschauen. Die Tiere waren in ziemlich schlechtem Zustand: Alt, spatfüßig, die Knochen stachen aus zottigen Flanken hervor, und bei allen hingen die mistigen Schwänze traurig herab. Wenn sie im Laufschritt vorgeführt wurden, dann furzten sie laut und vernehmlich, verursacht durch ungesundes Futter. Mit traurigen Augen betrachteten sie das Markttreiben ringsum, die knochigen Köpfe blieben gesenkt.

Am Nachmittag wurden fünfzehn weitere Pferde gebracht. Es waren Pferde der Armee, Soldaten führten sie vom Bahnhof zum Markt. Die Zivilpferde befanden sich eindeutig in einem schlechtem Zustand, aber diese waren mindestens ebenso elend. Sie waren todmüde, überaltert, zeigten neurotische Symptome. Viele hatten im Krieg Verletzungen erlitten, eines hatte ein verschorftes Einschussloch in der Schulter, durch das man hindurchsehen konnte. Auf der Kruppe war ihnen eine Nummer eingebrannt worden, die sie als ehemaliges Kriegspferd identifizierte.

Beim Anblick dieser traurigen Schar musste Kunitsin auf einmal daran denken, dass die Tiere im Grunde genommen ehemalige Feinde von ihm waren – sie hatten ihre Lasten in einem Angriffskrieg gegen die Sowjetunion getragen. So ist der Krieg – auch diese bedauernswerten Kreaturen waren in den weltweiten Kampf an der Seite Hitlers mit hineingeraten. Hatte man die Pferde gefragt, ob sie Sowjet-Karelien erobern wollten? Sie hatten keinen Fahneneid geleistet, aber trotzdem waren sie auf die Kampfplätze geschickt worden, mussten Munitionsladungen ziehen.

Viele dieser Kriegspferde hätten eine Tapferkeitsmedaille verdient, aber so belohnt man Pferde ja nicht für ihre Heldenhaftigkeit, sondern man schlachtet sie oder verkauft sie als Arbeitspferde weiter. Andererseits, wenn ein Pferd vom Feind gefangen genommen wird, dann wird es auch nicht verhört und nicht ins Straflager geschickt, sondern es wird angespannt und muss fortan den Schlitten des Feindes ziehen. Kriegsgefangenschaft bei einem Pferd bedeutet eigentlich nichts anderes als eine geringfügige Veränderungen in der Qualität des Futters und ein Wechsel der Kommandosprache.

Mit diesen Gedanken prüfte Kunitsin die angebotenen Tiere. Er kannte sich kaum aus mit Pferden, das Auswählen eines geeigneten Zugtieres war schwierig, besonders da die Tiere in einem so furchtbar schlechten Zustand waren. Und so beschloss Kunitsin, den Geschäftsabschluss auf den nächsten Tag zu verschieben.

Der erste Markttag endete dennoch nicht ganz ergebnislos, denn es gelang Kunitsin, einen vorzüglichen Doppelschlitten zu kaufen, so einen, wie ihn die Finnen bei der Holzabfuhr benutzten. Er leistete eine Anzahlung und vereinbarte mit dem Verkäufer, dass dieser den Schlitten in einen Eisenbahnwaggon schaffen, eine Fahrkarte nach Kontiomäki kaufen und im Waggon Futter bereitstellen würde. Für all das gab er dem Mann Geld.

Der folgende Tag war Sonnabend und letzter Markttag. Der Frost hatte sich in der Nacht abgeschwächt, es herrschte richtig frühlingshaftes Wetter. Kunitsin sagte sich, dass Savolenko äußerst angenehme Wetterbedingungen beim Transport des Treibstoffes von Kajaani nach Kontiomäki haben würde.

Die Pferde waren jetzt etwas munterer als am Vortag. Anscheinend belebte die Frühlingssonne auch ihre deprimierten Gemüter. In der Gruppe gab es ein Exemplar, das bereits tags zuvor Kunitsins Aufmerksamkeit erregt hatte, ein Armeepferd, das größer und aktiver als die anderen war. Dieses Tier trieb dort allerlei Späße, es schnappte nach den

Ärmeln vorbeigehender Passanten, wieherte hin und wieder ohne ersichtlichen Grund, legte die Ohren an, hob den Kopf, und wenn es furzte, hob es ein Hinterbein wie ein Hund.

Das Pferd war von seinem Körperbau her hoch und schmal, dünn, es hatte starke, knochige Beine und einen sehnigen, schweren Schädel. Seine Farbe war rotbraun.

Das Pferd bekundete besonderes Interesse für Kunitsin, es schnupperte lange an ihm, schnaubte, schnappte nach seiner Kleidung, bleckte das Gebiss, versuchte auf verschiedene Art und Weise, Kunitsins Aufmerksamkeit zu gewinnen.

Obwohl dieses Tier eindeutig von allen die beste Kondition hatte, zeigten die anwesenden Käufer kein Interesse an ihm. Und das hatte einen Grund. Das Pferd hatte eine recht zweifelhafte Vergangenheit, auf dem Markt kursierten allerlei Gerüchte, und jedermann wusste, dass man es besser nicht kaufte, weil das nur Ärger bedeutete.

Man erzählte sich, dass dieses Pferd in Kiestinki einem Proviantierungsfeldwebel mitten im Kampf das Bein durchgebissen hatte. Im Spätherbst war es als Kolonnenpferd eingesetzt worden, und in dieser Eigenschaft hatte es seine Fuhre eigenmächtig in den Wald gezogen, die Munitionskisten hatten sich über die ganze Umgebung verteilt, sämtlicher Armeebedarf war unbrauchbar gemacht worden. Und obwohl das Pferd eigentlich ein Wallach sein sollte, hatte es dennoch die Stute eines Offiziers bestiegen, und diese war trächtig geworden, die Stute hatte später zur Geburt des Fohlens in die Heimat gebracht werden müssen. Nach diesem Vorfall war beschlossen worden, das Pferd aus der Armee zu entfernen, und so wurde es jetzt hier zum Verkauf angeboten. Falls es niemand kaufte, würde es zum Schlacht-

hof gebracht, zu Konserven und Wurst verarbeitet, und aus seinen Hufen würde Leim gekocht.
Kunitsin kannte sich kein bisschen mit Pferden aus, und so ließ er sich durch die Vergangenheit des Tieres nicht beeinflussen. Und weil ihm das Pferd ganz gut gefiel, beschloss er, es zu kaufen. Der Unteroffizier, der für den Handel mit Kriegspferden zuständig war, war nahezu gerührt, dass er das problematische Tier verkaufen konnte. Eilends schrieb er den Vertrag und die Quittung aus und übergab Kunitsin die Zügel. Auch Kummet und Sattel waren im Kaufpreis inbegriffen.
»Sein Zivilname ist Heikki«, sagte der Unteroffizier und war froh darüber, dass er das Kaufobjekt loswurde.
Kunitsin führte sein Pferd zum Bahnhof und dort direkt zu dem Waggon, in dem der Doppelschlitten und das Futter bereits warteten. Routiniert stieg das Tier ein, untersuchte sorgfältig die Ecken wie ein Hund, akzeptierte sein Quartier und fraß von dem Heu, das die Eisenbahner bereitgelegt hatten. Kunitsin bezahlte dem Schlittenverkäufer die Restsumme, zog die Waggontüren zu und streckte sich auf dem Heu aus. Er betrachtete sein im Dunkeln speisendes Pferd und sagte zu ihm:
»Na du, Heikki?«
Das Pferd wieherte zur Antwort, dann richtete es seine Aufmerksamkeit auf den Schlitten, der hinten im Waggon stand, es nahm die Deichsel ins Maul und zerrte daran, dass der ganze Fußboden dröhnte. Kunitsin schalt das Pferd aus, und es ließ den Schlitten bald in Ruhe, ging stattdessen, gleichsam zerstreut, im Waggon herum, schlug damit die Zeit tot. Anscheinend war es nervös, weil sich der Zug nicht bewegte.
Kunitsin machte das Pferd nicht an dem Haken fest, der im

Waggon vorhanden war. Diese Freiheit wusste es zu schätzen, es ließ sich neben dem Schlitten nieder und legte den Kopf auf den Boden. Tief seufzend schloss es seine großen Augen.

20

Je näher Savolenko der einsamen, heulenden Kreatur kam, desto klarer wurde ihm, dass es kein Wolf, sondern ein Hund war. Er steckte die Pistole wieder ins Futteral. Zwar schauderte ihn vor dem Gejaule, dennoch bedeutete es Rettung aus den Klauen des Frostes: Wo ein Hund jault, dort wohnt auch ein Mensch.

Im Schein des eigentümlichen Polarlichts gelangte Savolenko zu einem Haus, vor dem ein Hund mit dickem schwarzem Fell stand. Er knurrte dumpf, als der nächtliche Besucher zur Haustür ging und klopfte.

Es war ein Haus ohne Anstrich, klein, im typischen Kainuu-Stil, und tief verschneit. Drinnen schliefen alle fest. Savolenko musste lange auf den vereisten Stufen stehen und klopfen und poltern, ehe sich die Tür einen Spalt breit öffnete und der misstrauische Altbauer herauslugte. Mit einer Kerze in der Hand musterte er den nächtlichen Gast, und als er sah, dass es ein Deutscher war, blickte er angewidert drein. Savolenko erklärte auf Deutsch:

»Heil Hitler, lassen Sie mich herein, ich erfriere.«

Widerwillig ließ der Bauer ihn in die Stube und schaltete das Licht ein. In dem stickigen Raum schliefen die Magd und zwei Kinder. Die Hausfrau kam aus der Schlafkammer, eine dicke Frau in den Vierzigern, bekleidet mit einem ausgeleierten Wollhemd.

»Ein Deutscher«, stellte der Bauer ihn vor. »Will uns wohl nachts schikanieren.«
»Herr du meine Güte, sein Gesicht ist ja ganz erfroren«, rief die Bäuerin.
Auf Savolenkos Gesicht schimmerten weiße Flecke. Als er die Handschuhe auszog, war zu sehen, dass auch alle Finger Erfrierungen hatten. Die Bäuerin zog ihm energisch die Stiefel aus, und als sie die steifen Strümpfe öffnete, kamen darunter erfrorene weiße Zehenreihen zum Vorschein.
Die Frau holte in einer Waschschüssel Schnee von draußen herein und rieb die erfrorenen Stellen damit ab.
»Deutsche sind auch Menschen«, sagte sie zum Altbauern, der seine Schwiegertochter wütend ansah.
Die Methode war eine Qual. Savolenko versuchte, sich zu wehren, aber der alte Mann knurrte nur, und so wurde die brutale Behandlung fortgesetzt. Der Altbauer maß Savolenko mit wütenden Blicken.
»Dass ich dich überhaupt reingelassen habe.«
Kurz darauf befahl er:
»Es gehört sich nicht, dass die Bäuerin selber den Deutschmann massiert. Komm da weg, Senja, dafür haben wir eine Magd im Haus.«
Die Magd stand aus dem Bett auf, übernahm die Arbeit der Bäuerin und massierte weiter. Der Altbauer spornte sie mit unverschämten Worten an:
»Kneif ihn, kneif ordentlich, damit er Bescheid weiß. Verrenk dem Deibel die Glieder.«
Nach und nach spürte Savolenko, wie das Blut in den erfrorenen Fingern und Zehen zu zirkulieren begann, und in sein Gesicht kehrte die rote Farbe zurück. In den Gliedern kribbelte es, das Entsetzen über den Kältetod wich der Freude über die Rettung. Die Magd massierte ihn geschmeidig, und

bald leuchteten seine Hände und Füße wie rote Rüben. Er sprach seinen Dank aus, verbunden mit einer Bitte:
»Danke, danke, darf ich über Nacht bleiben?«
»Nur gegen Bezahlung, umsonst werden bei uns keine Deutschen durchgefüttert«, erklärte der Altbauer streng, aber das verstand Savolenko nicht. Der Alte verdeutlichte seine Forderungen mit Gesten: Er legte sich auf den Boden, drehte sich auf den Rücken und spielte den Schlafenden, stand dann auf, holte die Geldbörse hervor und schwenkte ein paar Scheine vor Savolenkos Nase.
Der entnahm daraus, dass er für das Nachtquartier bezahlen müsste. Er gab dem Bauern Geld, der Bauer zählte es, war aber nicht zufrieden mit dem Preis und verlangte mehr, indem er sich wieder auf den Fußboden warf und mit Scheinen wedelte. Auf diese Weise presste er Savolenko zweihundert Mark ab, was nicht wenig war.
Die Magd machte dem Gast ein Lager in ihrem eigenen Bett zurecht, sie selbst verlegte ihren Schlafplatz auf die Holzbank. Diese Regelung gefiel aber dem Bauern nicht, er befahl der Magd, an ihrem alten Platz zu schlafen, Savolenko wurde auf die Bank geschickt.
Die Bäuerin sagte, dass sie am Morgen die Sauna heizen würde, dort würde der Gast wieder genesen.
»Zu mir kommt aber morgen früh die Schröpferin, wie soll denn zur selben Zeit dieser Herr in der Sauna gebadet werden«, äußerte der Altbauer seine Zweifel. Die Bäuerin aber blieb hart:
»Lass dich eben später schröpfen. Dieser Mann ist schmutzig, und seine Glieder sind erfroren.«
Savolenko zog sich bis auf die Unterwäsche aus, legte sich in sein provisorisches Bett und steckte die Pistole unter das Kopfkissen. Und als das Licht in der Stube gelöscht war,

schlief er ein. In der Schlafkammer brummelte der Altbauer noch:
»Schläft mit der Büchse unter dem Kopf. Misstrauische Leute, diese Deutschen.«
Am Morgen kam die Schröpferin, eine unsympathische alte Frau mit kräftigen Schultern und einer lauten Stimme. Die Magd machte sich ans Heizen der Sauna, für die Schröpferin wurde Kaffeeersatz gekocht. Sie war mächtig scharf auf Zucker und Ersatzkaffee: Immer, wenn ihre Tasse sich leerte, schlug sie die Hände auf die Knie, um zu danken:
»Gib, oh Herr! Das ist mal eine gute Hausfrau!«
Und so wurde ihr immer wieder neuer Kaffeeersatz eingeschenkt.
Man unterhielt sich in der Stube ohne Hemmungen über Savolenko, bewertete und kritisierte sein Äußeres und seine Angelegenheiten, denn man ging davon aus, dass der Mann kein Finnisch konnte. Die Schröpferin warnte die Magd mit lauter Stimme:
»Pass du bloß auf, Tyyne, ich kenne diese Deutschen. Die sind fix dabei, Frauen zu verführen.«
Die Magd ärgerte sich über solche Reden.
»Soll er doch, wenn er will!«
Savolenko saß peinlich berührt auf der Bank. Er ahnte, dass die Reden ihn betrafen, aber er verstand nichts von dem, was gesagt wurde. Aus dem Verhalten des alten Mannes ließ sich schließen, dass er jedenfalls nicht gut über den Gast sprach. Er hegte eindeutig einen unversöhnlichen Hass auf alle Deutschen.
Savolenko mochte nichts essen, er hatte Fieber, und er war außerstande, den Leuten seinen Zustand zu erklären: Wenn er mit der Hand nach seiner heißen Stirn tastete, um die Art seiner Krankheit zu erklären, knurrte der Alte:

»Fasst sich an den Kopf. Schaudert's dich schon vor Hitlers Wahn?«

Auf keinen Fall hätte Savolenko in die Sauna gehen mögen, aber genau dahin führte man ihn, die Magd auf der einen, die Bäuerin auf der anderen Seite. Savolenko war so schwach, dass er sich nicht mal allein ausziehen konnte, das mussten die Frauen übernehmen. Der Altbauer kam jetzt dazu und half, den Mann auf die Schwitzbank zu hieven.

Die Magd hatte die Sauna sehr stark geheizt. Savolenko war nie zuvor in einer Sauna gewesen, hatte nur von dieser Sitte gehört, die nach der Revolution als ziemlich reaktionär galt, aufgrund all der Frivolitäten und der Dekadenz, die ihr nachgesagt wurde.

In der Hitze des Schwitzraumes lag der nackte Fallschirmjäger, in seinen Ohren sauste es, das Atmen fiel ihm schwer. Er versuchte, sich von der Bank fallen zu lassen, aber der Altbauer ließ es nicht zu, er setzte sich vorn an die Kante vor Savolenko. Der Schröpferin befahl er, Wasser auf die Steine zu gießen. Sie schüttete denn auch Kelle um Kelle auf den Ofen, der seinen glühenden Atem über den leidenden Savolenko hauchte. Dieser versuchte, von der feurigen Bank herunterzukriechen, aber der Altbauer und die Schröpferin entließen ihn nicht aus der Hitze, sondern sorgten für immer mehr Dampf. Schließlich drückte der Bauer Savolenkos Arme auf die Bank und sagte grob:

»Ja, so werden die Knochen des Deutschmanns gekocht, verflucht …«

Fast zwei Stunden lang quälte der Alte Savolenko in der Sauna, und als er nicht mehr konnte, begann die Schröpferin ihres Amtes zu walten. Sie und der Bauer hatten gemeinsam vereinbart, dass man dem Deutschen alles böse Blut abzapfen wollte.

Hatte der Altbauer doch den fiebernden Mann schon in der Sauna fast umgebracht, so spürte er jetzt in den Fängen der Schröpferin seine letzten Lebenskräfte buchstäblich dahinfließen.
Savolenko musste sich bäuchlings auf die Saunabank legen. Das boshafte Weib stach mit einem gewöhnlichen Dolch fast zwanzig Schlitze in seine Rückenhaut, und auf jeden Schlitz setzte sie, mit ihrem faltigen Mund saugend, einen gierigen Schröpfkopf. Das böse Blut wurde herausgezogen ohne Rücksicht auf Savolenkos immer leiser werdenden Protest. Der Altbauer trieb die Schöpferin bei ihrem urtümlichen Werk noch an.
»Schröpf ihm das Erobererblut aus den Adern ... ich halte ihn fest, den Arier.«
Womöglich hätten sie Savolenko ausbluten lassen, wenn nicht die Bäuerin und die Magd zur Sauna gekommen wären, um nachzusehen, warum die drei dort so lange ausharrten. Sie stoppten das Vorhaben, und Savolenko konnte sich seufzend von der Bank erheben, auf der sein russisches Blut so unmäßig geschröpft worden war. Das Saunieren und Schröpfen hatten ihn dermaßen geschwächt, dass er ins Haus getragen werden musste. Auf dem Hof bellte der schwarze, grimmige Hund des Hauses den Fallschirmjäger so wild an, dass die Frauen ihn mit dem Besen wegjagen mussten, sonst hätte er seine Zähne in den roten Körper des Mannes geschlagen.
Drinnen legten die Frauen ihn ins Bett, und er hätte sofort das Bewusstsein verloren, wenn ihm nicht eingefallen wäre, dass die Pistole im Futteral steckte. Mit seinen wenigen Kräften kämpfte er sich so weit hoch, dass er nach seiner Hose greifen konnte, er nahm die Pistole aus dem Futteral und legte sie unter das Kopfkissen. Erst dann konnte er

zulassen, dass sein Bewusstsein schwand und er die Welt nicht mehr wahrnahm.
Der alte Mann und die Schröpferin kamen ebenfalls in die Stube. Zufrieden betrachteten sie ihr Werk: Der Soldat lag ohnmächtig da, das war der Erfolg ihrer Strafaktion, ein stilles, rotes und empfindungsloses Stück Elend.
»Morgen schröpfen wir weiter«, beschlossen sie.
»Diesem Teufel werden wir es zeigen.«
Viele Tage lang wurde Savolenko im Haus gequält. Er war so kraftlos, dass er nicht imstande war, sich gegen das ewige Schröpfen und Saunieren zu wehren. Essen bekam er zwar, aber er musste jedes Mal extra dafür bezahlen. Er hatte tagelang hohes Fieber, und seine Kräfte reichten zu nichts anderem als dazu, die qualvollen Tage zu zählen.
Die Magd und die Bäuerin waren menschlicher als der Altbauer und die Schröpferin. Sie pflegten den Mann, so gut sie konnten, und mussten deshalb manchen Streit mit dem Altbauern ausfechten. Savolenko spürte, dass er ein Streitobjekt war, ein ewiger Zankapfel, der durch seine Existenz Unruhe ins Haus brachte.
Um diese Zeit sollte Kunitsin vom Pferdekauf aus Nurmes zurückkehren, und er, Savolenko, war noch hier, wurde gequält … irgendwie musste es ihm gelingen, eine Nachricht nach Kajaani zu schicken, aber wie sollte er all das irgendjemandem erklären: die feindseligen Alten, er selbst im Feindesland, als elender Kranker? Im Haus gab es kein Telefon, niemand verstand genug Deutsch, alles schien hoffnungslos. Auch seine Geldvorräte gingen zur Neige.
Womöglich hätten der Altbauer und die Schröpferin den Fallschirmjäger zu Tode gequält, wäre nicht der Zufall im letzten Moment dem leidenden Mann zu Hilfe gekommen.
Es war Sonnabend, und die beiden Alten hatten Savolenko

für ihre übliche Behandlung vorbereitet. Der müde Mann lag nackt auf der Saunabank, und die Schröpferin beugte sich über ihn in der Absicht, mit ihrer Arbeit zu beginnen. Dabei fiel ihr Blick auf die Kennmarke des Mannes. Sie studierte das Plättchen lange, rief schließlich den Bauern herbei.

»Ich frage mich gerade, ob das hier eine deutsche Marke ist.«

Der Alte wog das Plättchen in der Hand, ging damit näher ans Fenster, prüfte es sorgfältig, biss sogar probehalber darauf. Er kam zu dem Schluss, dass es sich um keine deutsche und auch keine finnische Marke handelte.

»Dieser Mann ist ein Russe«, rief er aus.

Auf der Stelle rannten die beiden Alten ins Haus, Savolenko vergaßen sie auf der Saunabank.

»Jetzt haben wir eine ganze Woche lang den falschen Mann gequält«, klagte der Altbauer. »Wir haben einen Russen, einen Genossen schikaniert!«

Die Magd wurde geholt. Man reichte ihr Savolenkos Unterwäsche und forderte sie auf, genau hinzusehen, denn sie könnte doch am besten sagen, ob es deutsche Unterwäsche war.

Die Magd breitete die Stücke auf dem Tisch aus, betrachtete sie kurz und fällte dann ihr Urteil:

»Das sind keine deutschen Sachen. Sind ganz sicher vom Russen.«

Nach dieser Bestätigung rannten alle in die Sauna, wo sie Savolenko von der Bank herunterhoben, der Altbauer drückte seine Hand, tätschelte sie, umarmte den Mann und weinte:

»Oh, oh, entschuldige vielmals, wir sind einem Trugschluss aufgesessen …«

Er konnte ein paar Worte Russisch, erklärte:
»Wir hielten dich für einen Deutschen ... doch jetzt sind wir Freunde, helfen dir in jeder Weise!«
Mit demonstrativ fröhlichen Tränen und vielen Entschuldigungen geleiteten die beiden Alten den nackten Fallschirmjäger rasch in die Stube. Der Köter auf dem Hof staunte über die innige Gemeinschaft, verzichtete diesmal aufs Bellen und wedelte stattdessen einige Male unschlüssig mit dem Schwanz.
Drinnen in der Stube wurde Savolenko mit sanfter Hand angekleidet, man brachte ihm zu essen und zu trinken, und nach der Mahlzeit wurde er ins Bett gesteckt. Den Kindern wurde befohlen, still zu sein. Der Altbauer setzte sich zu ihm ans Bett, flüsterte dem Fallschirmjäger in seinem schlechten Russisch zu, dass er ein finnischer Kommunist sei, den Aufstand mitgemacht habe, danach sei er fast ermordet worden ... und jetzt hatten die Finnen seinen einzigen Sohn in Sicherungsverwahrung genommen, gleich nach Ausbruch des Winterkrieges hatte die Geheimpolizei ihn abgeholt.
Savolenko erzählte seinerseits, dass er ein russischer Pilot sei, der hier in Kainuu habe notlanden müssen und dem es gelungen sei, sich eine deutsche Uniform zu besorgen. Von Kunitsin und dem Standort des Flugzeugs erwähnte er nichts.
Jetzt begann in Savolenkos Leben eine herrlich üppige Zeit! Flugs schlachtete der Altbauer ein Lamm. Sofort wurde ein großer Stapel schmackhafter Blutplinsen gebacken. Abends gab es fette Lammsuppe. Die Magd buk einen Weizenzopf, und der Altbauer holte fünf Schachteln North aus dem Laden.
Von Schröpfen und Saunieren war keine Rede mehr. In sauberen Sachen konnte Savolenko müßig den stillen Frieden

der Wohnstube genießen. Am Sonntag wurde er zu einer Mahlzeit gebeten, die das Beste enthielt, was das Haus zu bieten hatte: Lammfleisch, Preiselbeergelee, Sahne, gesalzene Maräne, Piroggen, Kaffee, Gebäck … Und nach dem Essen füllte der Hausherr kleine Gläser mit Schnaps und riss zuvorkommend ein Streichholz an, als Savolenko nach dem Schnaps zur Zigarette griff.

Und abends saß die Magd beim Fallschirmjäger auf der Bettkante und streichelte das schwarze Haar des Schlafenden. Die Hausfrau blickte sich an der Tür der Schlafkammer noch einmal um, ehe sie zu Bett ging, und sagte:

»Wer weiß, wo sein Zuhause ist.«

21

In der Nacht ruckte der Viehwaggon an, er wurde an den Nachtzug nach Oulu gehängt. Kunitsin schätzte, dass er, sollte es jetzt ebenso lange dauern wie auf der Hinfahrt, erst morgens mit seinem Pferd in Kontiomäki sein würde.
Unterwegs hielt der Zug einige Male an. Vom Bahndamm her waren Rufe zu hören, aber niemand verlangte im Viehwaggon Einlass. Als der Zug weiterfuhr, setzten die Fahrgäste ihren Schlaf fort. So reiste der Fallschirmjäger mit seinem Pferd von Nurmes nach Kontiomäki, wo sie am frühen Morgen eintrafen.
In Kontiomäki wurde der Viehwaggon vom Zug abgekoppelt und mit der Bereitschaftslok neben das Entladegleis des Güterbahnhofs geschoben. Ein Brettersteg wurde gebracht, über den Heikki routiniert ausstieg.
Mit Unterstützung der Eisenbahner brachte Kunitsin den Doppelschlitten vom Waggon auf die Rampe. Es war eine anstrengende Arbeit, der Schlitten war groß und schwer. Heikki fand es anscheinend interessant, den Transport des Schlittens zu verfolgen, er stand abseits auf dem Bahnsteig und beobachtete den Vorgang.
Als der Doppelschlitten aus dem Waggon ausgeladen war, wurden auch alle anderen Gegenstände, die Kunitsin gehörten, auf dem Bahnsteig zusammengetragen: das Pferdegeschirr, der Sattel, der Rucksack. Das übriggebliebene Heu

wurde in den Schlitten gebracht, dann fegten die Bahnwärter den Waggon aus, säuberten ihn von Heuresten und von Heikkis Dung.

Kunitsin hatte noch nie zuvor ein Pferd angespannt. Er betrachtete unschlüssig das Geschirr, versuchte herauszufinden, welches Teil wohin gehörte, was die Funktion der einzelnen Riemen im System war. Kummet, Krummholz, Zügel, Kammdeckel ... er kannte die richtige Anordnung nicht. Heikki stand ebenfalls auf dem Bahnsteig und wartete darauf, angespannt zu werden. Er verstand nicht, warum Kunitsin zögerte und zupfte ihn ungeduldig am Ärmel.

Kunitsin bat die Eisenbahner um Hilfe. Sie wunderten sich zwar ein wenig, dass ein finnischer Soldat kein Pferd anspannen konnte, aber als Kunitsin ihnen sagte, dass er ein Städter sei, zeigten sie sich bereit zu helfen.

Aufmerksam beobachtete Kunitsin, wie die Eisenbahner beim Anspannen vorgingen. Während die Sache voranschritt, fragte er nach der Bedeutung einiger Details und machte sich Notizen. Letzten Endes war das Anspannen eine recht logische Sache, jeder Riemen und jedes Seil waren unverzichtbar im gemeinsamen System, ihre Straffheit und ihre Knoten hatten sich in Jahrhunderten entwickelt und den Stand erreicht, den sie heute hatten. Ein vollständig angeschirrtes Pferd war wie eine sorgfältig in ihr Festgewand gekleidete Frau. Wenn von dem Kleid auch nur ein einziger Knopf absprang, war das Gesamtbild zerstört.

Als der Bauchriemen befestigt wurde, blähte Heikki absichtlich seinen Bauch auf, und als die Männer den Riemen festgezurrt hatten, seufzte er die Luft aus seiner Lunge heraus, sodass der Riemen lose herunterhing. Einer der Eisenbahner versetzte ihm einen Tritt in die Flanke und befestigte

den Riemen neu. Heikki blickte die Männer, die nichts für seine Späße übrighatten, enttäuscht an.
Als alles fertig war, nahm Kunitsin die Zügel in die Hand und befahl dem Pferd loszugehen. Heikki gehorchte ohne Widerstand. Kunitsin fand, dass das Pferd leicht zu lenken war, es verhielt sich durchaus sachgemäß. In leichtem Trab passierten sie den Bahnhof Kontiomäki. Kunitsin lenkte das Pferd auf die Straße nach Mieslahti. Er wollte aus irgendeinem Laden die reizende Apothekerin in Kajaani anrufen. Bestimmt hatte Savolenko eine Botschaft hinterlassen. Oder vielleicht war er sogar selber dort, denn wozu im Hotel wohnen, wenn man die Möglichkeit hatte, sich hinter den Gardinen im Hinterzimmer der Apotheke zu verstecken.
Auf dem Weg nach Mieslahti beschloss Kunitsin auszuprobieren, wie gut sein Pferd als Traber war. Er klatschte Heikki mit den Zügeln auf den Hintern und befahl ihm zu laufen. Heikki schien ein wenig verblüfft, er drehte sich zu seinem Herrn um, als wollte er prüfen, ob der Befehl ernst gemeint war, aber als Kunitsin das Kommando wiederholte, galoppierte Heikki so stürmisch los, dass Kunitsin beinah aus dem Schlitten gefallen wäre.
Auf der Straße lagen Eis und angetauter Matsch, von den Hufen des Pferdes spritzten ständig Eissplitter auf den Schlitten und Kunitsin, er musste das Gesicht mit den Händen schützen, im Fahrtwind tränten seine Augen. In vollem Galopp preschte Heikki ins Dorf Mieslahti, wild wie in einem Kosakenfilm. Kunitsin konnte sein Pferd vor dem Laden nur mühsam zur Ruhe bringen. Heikki war ganz nass vom Laufen, zufrieden scharrte er im Eis auf dem Hof. Kunitsin tätschelte ihn.
»Es ist eine Freude, mit dir zu fahren, wirklich eine große Freude.«

Weil es Sonntag war, musste Kunitsin durch das Haus in den Laden gehen. Zuerst rief er die Apothekerin in Kajaani an. Sie erzählte, dass der Feldwebel ihr zwar seine Sachen zur Aufbewahrung gebracht habe, anschließend aber mit dem Auto in irgendeiner Angelegenheit weggefahren und nicht wieder zurückgekehrt sei, ja nicht einmal angerufen habe.

Wo mochte Savolenko sein? Kunitsin erschrak furchtbar: War der Gefährte festgenommen worden? Die Finnen fackelten bei diesen Dingen nicht lange, und falls er den Deutschen in die Hände gefallen war, lebte er garantiert nicht mehr.

Der Apothekerin sagte er, dass er den Anweisungen des Feldwebels gemäß gehandelt habe und dass er am vereinbarten Ort auf ihn warte. Er sagte, dass er am folgenden Tag erneut anrufen werde, und wünschte der netten Frau alles Gute.

Im Laden kaufte Kunitsin große Mengen Proviant und verschiedene Ausrüstungsgegenstände ein, für Heikki außerdem eine dicke Decke. Während er das Pferd vor dem Laden damit bedeckte, redete er besorgt mit ihm:

»Es gibt Unannehmlichkeiten, mein Heikki ... wie soll es mit uns bloß weitergehen ...«

Von Mieslahti aus folgte Kunitsin etwa zehn Kilometer der Straße nach Sotkamo. Dann lenkte er das Pferd von der Nordseite der Straße aus ins Gelände, fuhr den Schlitten in die Tiefen des Waldes. Das Pferd zog den Schlitten mit Leichtigkeit durch den dicken Schnee, es hatte lange Beine und war wohl auch an Fahrten durch unwegsames Gelände gewöhnt. Als sie etwa einen halben Kilometer von der Landstraße entfernt waren, hielt Kunitsin an, in einem dichten Fichtenwald über einer Schlucht, durch die sich ein mit Eis und Schnee bedeckter Bach schlängelte.

Kunitsin machte sich daran, aus dünnen Fichten und Reisig ein Schutzdach für das Pferd zu bauen. Er fällte etwa zwanzig Bäume in der Stärke von Zaunpfählen, ästete sie ab und setzte sie als Stützpfeiler ein, obendrauf kam das Dach, auf dem er Reisig verteilte, das er mit Schnee bewarf. Unter der Überdachung verteilte er eine dicke Schicht Reisig. Anschließend befreite er Heikki vom Geschirr und führte ihn in den provisorischen Stall.

»Hier müssen wir über Nacht bleiben ... morgen gehe ich zu Fuß in den Laden, um noch einmal anzurufen.«

Kunitsin hackte ein Loch in den vereisten Bach und holte einen Eimer voll Wasser für das Pferd.

Für sich selbst bereitete Kunitsin ein Bett, indem er Heu auf das Reisig streute. Auf diesem Heu, an der warmen Flanke des Pferdes und unter der Decke wollte er die Nacht verbringen.

»Das wird sicher gehen, wir werden uns doch vertragen«, plauderte er mit dem Pferd, während er das Lager bereitete.

22

Am Montag war Savolenko von der Krankheit und dem Schröpfen schon so weit genesen, dass er seinen Weg nach Kajaani fortsetzen konnte. Der Altbauer begleitete ihn an die Landstraße, hielt das Postauto an und sagte zum Fahrer:

»Bring diesen deutschen Kriegsherrn in die Stadt, und lass ihn an der Apotheke raus, von dort aus findet er sich alleine zurecht.«

So verließ Savolenko also das Haus, in dem man ihn erst gequält und dann königlich behandelt hatte. Durch das Fenster des Fahrzeugs betrachtete er das graue Gebäude, auf dessen Hof der schwarze, wütende Hund saß, die Schnauze zum Himmel gerichtet – wahrscheinlich heulte er, so wie es seine Gewohnheit war.

In Kajaani ging Savolenko sofort zur Apothekerin, die sich unendlich freute, ihren Freund wiederzusehen. Sie sagte der Dienstmagd Bescheid, dass sie ein paar belegte Brote bereiten und Tee kochen sollte.

Das Dienstmädchen ging in die Küche und machte sich an die Arbeit. Im Salon klingelte das Telefon, es klingelte sehr lange, aber niemand nahm ab, denn die Apothekerin und Savolenko hatten sich in der Schlafkammer eingeschlossen. Schließlich ging das Dienstmädchen hinüber in den Salon und hob den Hörer ab.

Am anderen Ende der Leitung war der Mann der Apothekerin, der Hauptmann, Chef der Befestigungskompanie. Das Dienstmädchen hörte eine Weile zu und brachte dann mühsam heraus:
»Madame hat mir verboten, darüber zu reden, unter Androhung der Kündigung … und er ist eine ganze Woche nicht hier gewesen.«
Wieder war die wütende Stimme des Hauptmanns zu hören, und schließlich musste das Dienstmädchen zugeben:
»Er ist gerade erst gekommen, der Deutsche … soll ich Madame sagen, dass Sie auf dem Weg sind?«
Schließlich endete das Gespräch mit einer Bitte des Dienstmädchens.
»Ich habe überhaupt nichts gewusst, möchte nichts damit zu tun haben …«
Noch ehe die belegten Brote fertig waren, klingelte erneut das Telefon. Jetzt war es Kunitsin, der anrief. Er freute sich außerordentlich, als er hörte, dass der deutsche Feldwebel im Haus aufgetaucht war. Er kündigte an, dass er bald selbst zur Apotheke kommen werde. Jemand würde ihn von Mieslahti aus auf dem Motorrad mitnehmen.
»Darf ich Madame und dem Deutschen sagen, dass Sie kommen?«
»Natürlich«, bestätigte Kunitsin. Er hätte auch selbst mit den beiden gesprochen, aber die Tür der Schlafkammer war verschlossen, und das Dienstmädchen mochte nicht hingehen und anklopfen.
Als das Dienstmädchen aufgelegt hatte, machte sie die belegten Brote fertig und kochte Tee. Dann stellte sie alles auf ein Tablett und brachte es in den Salon. Über die Teekanne stülpte sie eine Haube, dann zog sie sich den Mantel an, nahm den Wäschekorb und brachte ihn nach draußen

zum Wasserschlitten. Im Korb war nur wenig Schmutzwäsche, aber sie wollte sich doch lieber für den Rest des Tages in der Waschküche aufhalten. Sie sah sich drinnen im Haus noch einmal um, lauschte an der Tür zur Schlafkammer, errötete und kehrte wieder in den Salon zum Teetablett zurück. Hier nahm sie Papier und Bleistift aus der Kommodenschublade und hinterließ auf dem Tablett eine Nachricht:

»Ich bin für den restlichen Tag in der Waschküche, Madame hat ihre Ruhe. Gott sind deutsche Gäste nicht genehm, ich möchte bloß warnen. Und entschuldigen Sie. Die Magd.«

Seufzend verließ sie das Haus und zog die halbleere Fuhre zur Waschküche. Unruhig schaute sie zurück, viele Male.

Vor dem Dorfladen von Mieslahti warf der Sohn des Kaufmanns seine große Harley Davidson an. Er trug eine lederne Pilotenmütze und Augenschützer, seine Hände steckten in Handschuhen aus Hundefell. In der Tasche hatte er hundert Mark Bargeld, so viel hatte Kunitsin ihm dafür gezahlt, dass er ihn in die Stadt brachte.

Der Motor sprang endlich an. Kunitsin stieg hinten auf, zog sich die Pelzmütze über die Ohren und fasste den Kaufmannssohn um die Taille. Die großen Reifen schürften tiefe Rinnen in den vereisten Hof, als der Junge Gas gab. Auf der Landstraße angekommen, drückte der Junge aufs Tempo, der Wind brauste Kunitsin um die Ohren, Tränen stiegen ihm in die Augen. Der Junge rief seinem Beifahrer über die Schulter zu:

»Wahnsinnsmaschine, oder?«

Nach einer halben Stunde erreichten die Motorradfahrer Kajaani, wo Kunitsin dem Jungen den Weg zur Apotheke beschrieb. Steif vom kalten Wind überreichte er ihm noch einen Fünfziger, den der Junge erfreut entgegennahm.

»Wenn du mal wieder einen Fahrer brauchst, ich hätte Zeit!«

Und so brauste der junge Mann davon. Kunitsin trat in die Apotheke, die leer war. Niemand war da, keine Kunden, keine Apothekerin. Als er in die Privatwohnung hinüberging, stellte er fest, dass auch im Salon niemand war. Auf dem runden Tisch stand nur ein Teetablett mit belegten Broten und einer großen Teekanne unter einer Haube. Kunitsin nahm die Haube ab und stellte fest, dass der Tee bereits abgekühlt war. Er räusperte sich laut und vernehmlich. Aus der Schlafkammer hörte er gedämpfte Stimmen, die ihm zumindest so viel verrieten, dass ihre Besitzer erregt waren. Und er erkannte, dass die Stimmen zu Savolenko und der Apothekerin gehörten.

Im selben Moment schlug die Glocke an der Eingangstür zur Apotheke an, und ein Kunde trat ein. Kunitsin ging hinüber, um ihm zu sagen: »Warten Sie einen Moment, man wird Sie gleich bedienen.«

Anschließend ging er wieder in den Salon, setzte sich an den Teetisch und überlegte, was zu tun war, denn irgendwie hatte er das Gefühl, dass nicht alles im Lot war. Er entdeckte den Zettel, den die Dienstmagd hinterlassen hatte, und als er ihn las, spürte er, dass dieses Haus kein sicherer Ort mehr war. Ganz in Gedanken nahm er den Zettel und steckte ihn in die Tasche.

23

Der Kunde wartete in der Apotheke, und in der Schlafkammer waren nach wie vor die Stimmen Savolenkos und der Apothekerin zu hören. Kunitsin saß nervös am Teetisch. Sollte er jetzt vielleicht in die Apotheke gehen und den Verkauf übernehmen, bis sein Kamerad und die Apothekerin herauskämen? Nein, das Beste war immer noch, an die Kammertür zu klopfen.

Das Gespräch in der Kammer riss ab, als Kunitsin anklopfte. Nach einer langen Weile wurde die Tür geöffnet, und Kunitsin konnte die Anwesenden sehen. Die Apothekerin kämmte sich, Savolenko schloss seinen Gürtel. Die Tagesdecke auf dem Bett war zerknautscht, die Apothekerin strich sie glatt. Sie setzte ein liebenswürdiges Lächeln auf und fing an zu plaudern:

»Aha, der Herr Soldat … hat die Dienstmagd Tee in den Salon gebracht?«

»In der Apotheke ist ein Kunde«, erklärte er.

»Ich komme gleich, sagen Sie ihm, dass er warten soll«, bat sie und schloss die Tür. Savolenko kam in den Salon, zog Kunitsin in die hinterste Ecke und erklärte ihm flüsternd rasch die Situation:

»Genosse Vaska … es ist ein schlimmer Irrtum passiert … die Apothekerin hat die Kennmarke gesehen.«

Kunitsin verstand zunächst nicht, sodass Savolenko hinzufügte: »Hör zu … ich bin erst morgens gekommen, und wie es so ist, wir gingen in die Schlafkammer, zogen uns aus … die Magd sollte Tee bringen, und dann ist es einfach so gekommen.«

Kunitsin war grenzenlos erstaunt und wurde dann wütend:

»Du elender Wurm! Was hast du bloß gemacht, enttarnst dich selber, ziehst dich am helllichten Tag nackt aus, jetzt sind wir beide aufgeflogen!«

Savolenko war rot vor Scham, versuchte leise zu erklären:

»Sie gefiel mir doch so, eine schöne Frau, zärtlich und alles, auch willig … verurteile mich nicht, dir selber hätte das auch passieren können, in solch einer Situation …«

Kunitsin starrte mit kalt glimmenden Augen auf seinen Kameraden, und sagte dann mit ausdrucksloser Miene:

»Es bedeutet, dass du die Apothekerin töten musst, jetzt sofort. Ich mache das nicht, du warst es, der uns enttarnt hat. Vielleicht hättest du ihr auch noch Kosakenlieder vorsingen sollen.«

Der Gedanke, dass die Frau, die sein Geheimnis entdeckt hatte, getötet werden musste, war ein Schock für Savolenko. Er flehte Kunitsin an, dass sie sich gemeinsam eine andere Lösung ausdenken sollten. Er sagte, dass er in diesem Rahmen unmöglich eine Bluttat begehen konnte, auf keinen Fall. Kunitsin aber blieb sachlich und fest:

»Ich mische das Gift. Du flößt es ihr ein. Andere Mittel und Wege gibt es nicht.«

Die Tür der Schlafkammer öffnete sich, die Apothekerin trat in den Salon. Sie hatte sich wieder zurechtgemacht, war elegant, ihre Stimme klang ruhig und gefasst, als sie die Männer aufforderte, am Teetisch Platz zu nehmen. Sie selbst wollte, wie sie sagte, kurz in die Apotheke gehen und den Kunden bedienen. Mit keinem Wort erwähnte sie, dass sie Savolenkos Geheimnis kannte. Kunitsin verstellte ihr jedoch den Weg, machte eine abwehrende Geste und erklärte freundlich:

»Hören Sie, das kann ich doch übernehmen, ich kann diesem Kunden, und warum nicht auch anderen, ohne Weiteres Medikamente verkaufen … trinken Sie nur ruhig mit dem Feldwebel Tee … ich bringe Ihnen nach dem Tee dann auch ein Glas Kognak.«

Sie zögerte, gab Kunitsin dann aber ihren weißen Kittel. Er zog ihn an.

»Sind Sie Finne?«, fragte sie leichthin.

»Ja, selbstverständlich«, erwiderte er und verschwand in der Apotheke.

Der Kunde kaufte einige Medikamente. Kunitsin mischte sie zusammen und nannte den Preis. Der Käufer wunderte sich: »So billig sind die früher nie gewesen.«

Als der Kunde weg war, fing Kunitsin sofort an, die Medikamentenbestände der Apotheke zu sichten, er öffnete die Schränke und fand auch bald alles, was er suchte. Er machte sich daran, das Giftgemisch zu zermahlen, suchte sich die Flasche mit dem medizinischen Weinbrand und mixte in zwei Gläsern je eine tödliche Dosis zusammen. Von dem Giftpulver hatte er eine reichliche Menge gewonnen. Seine Hände zitterten: Noch nie zuvor hatte er Gift gemischt, obwohl er schon seit Jahren als Apotheker arbeitete. Er kannte die chemische Formel der Mischung, wusste, dass das Gift innerhalb von Sekunden wirkte, selbst wenn man nur einen winzigen Schluck davon trank. Das übriggebliebene Gift füllte er aus alter Gewohnheit in Portionsbeutel aus Papier, denn Giftpulver konnte man schließlich unmöglich auf den Fußboden pusten.

Kunitsin wog die Kognakgläser in der Hand, er fühlte sich furchtbar unwohl: War dies der Krieg, musste es wirklich so kommen? Er brachte die Gläser in den Salon, stellte sie auf das Teetablett und nahm die abgekühlte Teekanne fort.
»Ich habe Ihnen ein wenig Kognak gebracht ... wir müssen nämlich gehen, vielleicht trinken Sie es zum Abschied«, sagte er und wunderte sich selbst über die falsche Geschmeidigkeit seiner Stimme. Savolenko und die Apothekerin blickten mit feuchten Augen auf die Gläser, keiner der beiden griff zu, und auch die belegten Brote hatten keinen Abnehmer gefunden. Kunitsin gab der Apothekerin den Zettel mit der Botschaft der Dienstmagd, den sie zerstreut las. Dann seufzte sie.
Kunitsin blickte Savolenko in die Augen, nickte zu den Gläsern hin. Dann beugte er sich vor und flüsterte ihm zu: »Du selber trinkst nichts.«
Savolenko sah seinen Kameraden mit glasigen Augen an wie einen Wildfremden, er rieb sich mit langsamen Bewegungen die schwitzenden Hände, schluckte. Das nahm Kunitsin so mit, dass er hinausging in die Apotheke, obwohl sich dort keine Kunden mehr befanden.
Kunitsin saß im weißen Arbeitskittel in der Apotheke hinter dem Ladentisch. Es war unglaublich still und die Stimmung erdrückend. Wenn doch wenigstens irgendein Kunde käme, dann würde die Wartezeit schneller vergehen. Kunitsin trat ab und zu an die Tür zum Salon und schaute nach den beiden dort anwesenden Menschen: Die Apothekerin und Savolenko saßen nebeneinander am Teetisch, sie hielten sich an den Händen, und keiner der beiden hatte das Gift angerührt. Es sah so aus, als wollte keiner von ihnen den Befehl befolgen. Kunitsin sagte sich, dass Savolenko vielleicht ein wenig Zeit brauchte, um die Apothekerin dazu zu bringen,

das Gift zu trinken. Man musste jetzt einfach abwarten. Der Gedanke, dass er womöglich die Apothekerin erschießen müsste, ließ Kunitsin erschaudern.
Jetzt kamen zwei Kunden herein, wünschten ein Pulver gegen ihre Beschwerden. Kunitsin verkaufte ihnen Medikamente, sie entfernten sich. Wieder blieb Kunitsin allein, die Stille war wieder auf schlimme Weise komplex. Kunitsin schaute abermals im Salon nach, ob es Savolenko schon gelungen war, der Apothekerin das Gift zu verabreichen. Aber die Situation hatte sich seit vorhin nicht im Geringsten geändert.
»Bringt den ganzen Tag damit zu, seine Freundin zu vergiften«, war der Gedanke, bei dem sich Kunitsin ertappte. Bis er plötzlich entsetzt feststellte, dass er den Kunden jene Giftportionen verkauft hatte, die vorhin übriggeblieben waren. Er stürzte auf die Straße, rannte den Kunden hinterher, denn sie hatten große Mengen tödlichen Giftes in ihrem Besitz, von dem schon ein Milligramm genügte, um einen Menschen umzubringen. Während er so rannte, sagte sich Kunitsin, dass er unbedingt das Leben jener Unglücklichen retten musste, koste es, was es wolle – und dann blieb er plötzlich stehen: Warum eigentlich? Die Leute von vorhin waren Finnen, also Feinde! Sollten sie doch das Gift schlucken, es war Krieg, und er war Fallschirmjäger!
Die Kunden gingen die Straße hinunter, und Kunitsin ließ sie ziehen, kehrte langsam in die Apotheke zurück. Als er sich hinter die Registrierkasse setzte, kamen ihm das Leben und dieser Krieg immer schrecklicher vor.
»So ist also ein richtiger Krieg«, sagte er sich. Sein Mund war trocken, und für einen Moment hatte er Lust, selbst das restliche Gift zu schlucken. Einen flüchtigen Augenblick lang suchte er bereits nach einem Trinkglas, aber dann überflute-

ten ihn die Erinnerungen an Leningrad, an all die Toten, an das pausenlose Dröhnen der Artillerie.
Kunitsin stellte das Trinkglas wieder ab und ging nachschauen, ob es Savolenko gelungen war, seiner Geliebten den Giftkognak einzuflößen. Beide saßen immer noch schweigend nebeneinander, Hand in Hand, beiden rannen die Tränen über die Wangen, und keiner sagte ein Wort. Die Kognakgläser standen unangerührt auf dem Tablett.
Kunitsin räusperte sich bedeutungsvoll.
Savolenko und die Apothekerin drehten sich zu ihm um, Savolenko schüttelte den Kopf, die Apothekerin lächelte verweint. Kunitsin konnte das alles nicht mit ansehen. Also schloss er erneut leise die Tür, setzte sich an die Registrierkasse und wartete. Vielleicht würde die Apothekerin einsichtig sein und ihr Gift trinken, wenn man sie nicht hetzte. Die Uhr in der Apotheke maß die Zeit. Kunitsin starrte auf die Zeiger, ohne zu erfassen, wie spät es war.
Dann öffnete sich die Tür der Apotheke erneut. Ein finnischer Hauptmann trat ein, ein hochgewachsener Mann in mittleren Jahren. Sofort legte Kunitsin ein Giftpäckchen bereit. Wenn der Mann Schmerztabletten haben wollte, würde er Gift bekommen. In dieser mörderischen Atmosphäre spielte die Zusammensetzung der verkauften Medikamente keine Rolle mehr.
Aber der Hauptmann wollte keine Medikamente haben. Er blieb wütend vor der Registrierkasse stehen, zeigte mit dem Finger spöttisch auf Kunitsin und meinte:
»Könnte mir der Herr sagen, wer er ist?«
Kunitsin antwortete, dass er der neue Apothekengehilfe sei, und erkundigte sich, wie er dem Herrn Hauptmann helfen könne. Aber der hatte nicht die Absicht, längere Gespräche zu führen, sondern stürmte aus der Apotheke in die Privat-

wohnung, direkt in den Salon, wo die Apothekerin und Savolenko immer noch am Teetisch saßen.
Es zeigte sich, dass er der Ehemann der Apothekerin war. Mit lauter Stimme fragte er, was ein deutscher Feldwebel bei seiner Frau zu suchen habe, und als er sah, wie zärtlich sich die beiden an den Händen hielten, verlor er den letzten Rest seiner Beherrschung. Er bezichtigte seine Frau mit bitteren Worten der Untreue, ja geradezu der Hurerei, packte den erstaunten Savolenko am Schlafittchen und wollte schon zuschlagen, aber seine Frau ging dazwischen. Der Mann gab Savolenko frei, der sich von seiner Überraschung zu erholen begann und bereits am Pistolenfutteral fingerte.
Der Hauptmann zeigte spöttisch auf den Teetisch mit den Kognakgläsern und rief seiner Frau vorwurfsvoll zu:
»So wird hier also gespielt, man schlürft Kognak mit den Deutschen, pfui Deibel. Wenn ich im Urlaub hier bin, kommt kaum mal ein Tropfen Wein auf den Tisch!«
Dabei nahm der erregte Mann ein Kognakglas, setzte es an die Lippen und prostete seiner Frau, die das Geschehen zu verhindern versuchte, theatralisch zu. Er wies sie grob zurück, goss sich den ganzen Inhalt des Glases in die Kehle und sagte, wobei er sich dumpf auf die Brust schlug:
»Jetzt ist der Kognak in die Kehle des Hausherrn geflossen! Dieser Mistkerl hier hat ihn jedenfalls nicht gekriegt! In diesem Haus trinkt der Hausherr seinen eigenen Kognak selber!«
Die Apothekerin schrie auf, wäre beinah zusammengebrochen, konnte gerade eben noch das Gleichgewicht halten und stürzte ihrem Mann in die Arme, küsste ihn mit verweintem Gesicht und stammelte:
»Es war Gift ...«
Der erstaunte Hauptmann begriff jetzt nichts mehr. Er stieß

seine Frau von sich, blickte Savolenko an, ebenso Kunitsin, der hereingekommen war. Savolenko erklärte dem Gefährten, dass der Mann den Kognak getrunken habe. Kunitsin breitete die Hände aus.

Jetzt, als die Apothekerin sah, dass die Worte ihres Mannes nur noch ein Stammeln waren, nahm sie plötzlich das zweite Kognakglas in die Hand, setzte es an die Lippen und trank es aus. Anschließend fasste sie ihren Mann bei der Hand und führte ihn ins Schlafzimmer. Dem Hauptmann ging es bereits so schlecht, dass Savolenko ihn unter dem anderen Arm stützen musste. Als sie beim Bett ankamen, war der Mann bereits tot. Savolenko legte ihn hin, und seine Frau setzte sich neben ihn. Sie blickte Savolenko an, dann schlossen sich ihre Augen, und sie sank neben ihrem Mann aufs Bett. Auch sie gab ihren Geist auf, alle beide waren sie tot.

24

Erschüttert schlossen die Fallschirmjäger die Tür der Schlafkammer, ließen die Toten dort zurück und gingen wieder in den Salon. Savolenko fiel schwer in einen Sessel am Teetisch, Kunitsin schloss die Apotheke ab und hängte einen Zettel an die Tür: »Morgen wieder geöffnet.« Dann zog er den weißen Apothekerkittel aus, suchte nach der Kognakflasche, die noch nicht leer war, und ging hinüber in den Salon. Er goss für Savolenko und sich selbst Kognak in zwei Teetassen. Schweigend setzten sie die Tassen an die Lippen, tranken ein wenig.

»Nun, hast du ein Pferd gekauft?«, fragte Savolenko schließlich.

Mit leiser Stimme erzählte ihm Kunitsin von seiner Fahrt nach Nurmes, von dem Geld, das er bekommen hatte, vom Kauf des Pferdes Heikki und von der Rückfahrt. Er erzählte von seiner großen Besorgnis nach dem Anruf bei der Apothekerin und von seiner Ankunft in Kajaani.

»Heikki habe ich an der Straße nach Sotkamo in einem Unterstand zurückgelassen, wer weiß, wie er dort allein zurechtkommt ... das Wasser im Eimer gefriert jedenfalls, hoffentlich ist er so schlau, Schnee zu fressen gegen den Durst.«

Die Männer schielten nach den belegten Broten auf dem Tablett, eigentlich hatten sie ja ein wenig Hunger, aber keiner der beiden griff zu. Kunitsin wollte von Savolenko wissen:

»Und wo hast du die ganze letzte Zeit verbracht?«

Langsam und bedächtig berichtete Savolenko von den einzelnen Etappen, von der Rückführung des Autos nach Ristijärvi, von seiner nächtlichen Fußwanderung und dem rettenden Haus, in dem man ihn so schlimm geschröpft und sauniert hatte.

»Auch dort haben sie die Kennmarke entdeckt, aber dort rettete es mich … hier hingegen …«

Beide blickten traurig zur Schlafkammertür. Sie leerten ihre Tassen und standen auf. Kunitsin spülte in der Küche das Geschirr ab und brachte die Kognakflasche ins Vorratslager der Apotheke zurück. Dann zogen sie sich die Mäntel an und gingen hinaus. Aus dem Schuppen holten sie sich ihre Waffen und Skier, die sie zur Aufbewahrung dagelassen hatten, und machten sich mit den geschulterten Skiern in Richtung Hotel Seurahuone auf. Keiner blickte zum Haus der Apothekerin zurück, und über den soeben erlebten zweifachen Tod wechselten sie kein Wort.

Die Fallschirmjäger gingen direkt in den Innenhof des Hotels, um nach ihren Treibstofffässern zu sehen.

Die Fässer waren verschwunden.

Bestürzt eilten die Männer zur Wohnung des Hausmeisters, um nachzufragen. Der Hausmeister war jedoch nicht da. Kunitsin fragte seine Frau aus, wollte von ihr wissen, wo sich ihr Mann aufhielt. Die magere, verängstigte Frau, die anscheinend häufig verprügelt wurde, erklärte mit großen Augen, dass sie nichts von ihrem Mann wisse, er sei bereits vor zwei Tagen weggefahren und habe ihr nicht gesagt, wohin. Savolenko schwenkte die Pistole vor ihrem Gesicht und brüllte:

»Gasoline!«

Sie gestikulierte verzweifelt, versteckte die rotznäsigen

Kinder, denen das drohende Auftreten der Soldaten Angst machte, hinter ihrem schmutzigen Rock. Da die Fallschirmjäger von der Frau des Hausmeisters nichts erfahren hatten, gingen sie zur Hotelleitung. In der Küche trafen sie die Leiterin des Hotels an, eine alte Frau, der Kunitsin die Angelegenheit erklärte. Sie musterte die beiden Männer und ihre Waffen und schrie:

»Machen Sie, dass Sie wegkommen! Unerhört, mit Waffen in diesem erstklassigen Hotel aufzutauchen. Sie schreien da irgendetwas von Benzin, dieser deutsche Strolch und Sie selber, ein bloßer Soldat!«

Jetzt wurde Savolenko wütend. Er fuchtelte mit der Pistole vor ihrem Gesicht herum, und es hatte den Anschein, er könnte sie erschießen, wenn sich die Sache nicht klären ließe. Kunitsin erläuterte seinen Zorn mit Worten:

»Er sagt, dass er schießt, wenn wir keine Informationen über den Hausmeister bekommen.«

Die Leiterin überlegte einen Moment. Dann winkte sie großzügig ab, lächelte leicht und sagte:

»Die Fässer wurden vor zwei Tagen mit dem Auto abgeholt. Es war ein Wagen der Glaserei Korhonen, aber der Korhonen hat gar keine Glaserei mehr, sondern eine Wäscherei in Teppana. Fragen Sie dort nach, aber hier fuchteln Sie nicht länger mit Ihren Pistolen herum.«

Als die beiden Männer die Küche verließen, rief die Leiterin ihnen nach:

»Und denken Sie daran, dies ist ein Hotel und kein Benzindepot. Dies hier ist ein erstklassiges Haus!«

Kunitsin brachte in Erfahrung, wo Teppana lag: jenseits des Kajaanijoki in ein, zwei Kilometern Entfernung. Savolenko griff sich auf dem Hof des Hotels einen Tretschlitten und machte sich auf den Weg aus der Stadt hinaus, Kunitsin stieg ebenfalls mit auf, als sie die vereiste Straße zur Brücke hinunterglitten. Die Brücke führte über die Ruinen einer alten Festung hinweg, und dann ging es bergauf. Hier stieg Kunitsin wieder ab und lief neben Savolenko her.

Die Sonne hatte die Oberfläche der Straße geschmolzen und in einen kleinen Wasserwirbel verwandelt, die Straßenverhältnisse waren ausgezeichnet, und bald hatten die Fallschirmjäger Teppana erreicht. Die Wäscherei Korhonen war leicht zu finden. Die alten Holzgebäude bildeten fast ein eigenes kleines verwinkeltes Viertel, allgemeiner Verfall prägte das Gesicht der Wäscherei und ehemaligen Glaserei.

Savolenko stellte den Schlitten auf dem Hof ab. Im Fenster eines Nebengebäudes schimmerte ein wenig Licht, und dorthin wollten sie zuerst gehen. Savolenko trat die zweiteilige Tür mit dem Fuß auf. Dahinter begann ein betonierter Gang, an dessen Ende gedämpftes Licht schimmerte, auch Stimmen waren von dort zu hören. Die Fallschirmjäger marschierten durch den Gang und stießen hinten auf drei heruntergekommene Männer, die Karten spielten und Zigaretten rauchten. Einer von ihnen war der Hausmeister aus dem Seurahuone. Kunitsin hob die Waffe und kommandierte:

»Benzinräuber! Karten weg und Hände hoch!«

Die Männer waren überrumpelt und erschraken furchtbar. Einer von ihnen schlüpfte so rasch zum Fenster hinaus, dass die Fallschirmjäger ihn nicht zu fassen bekamen, er rannte auf der Landstraße in Richtung Kajaani davon, steuerte aber nicht die Stadt an, sondern schlug sich hinter der Kurve in den Wald. Wie es schien, hatte er kein reines Gewissen, nicht in dieser Sache und wohl auch sonst nicht. Die Fallschirmjäger passten auf, dass die beiden verbliebenen Männer nicht fliehen konnten.

Der Hausmeister begann, die Situation wortreich zu erklären: Er sagte, dass die Benzinfässer ausschließlich zur Sicherheit hierher nach Teppana gebracht worden seien, weg vom Hotelhof mit all dem Betrieb, der dort herrsche ... und weil der Besitzer des Benzins nicht aufgetaucht sei, habe er, der Hausmeister, sich gedacht, dass es da vielleicht ein Missverständnis gegeben habe, und er wollte sogar schon bei den Deutschen in Hyrynsalmi nachfragen, ob bei ihnen Mangel an Benzin herrsche ...

»Völlig falsch dagegen ist die Annahme, dass ich und dieser Korhonen die Absicht gehabt hätten, das Benzin zu verkaufen, wer wird denn anderer Leute Eigentum verscherbeln, jetzt in Kriegszeiten ...«

Notgedrungen mussten der Hausmeister und Korhonen offenlegen, wo der Treibstoff war. Sie führten die Fallschirmjäger ins Lager der ehemaligen Glaserei, wo ein Lastwagen stand. Auf seiner Ladefläche standen drei Fässer. Savolenko stieg hinauf und schraubte die Verschlüsse auf, roch am Inhalt. Es befand sich weiterhin richtiges Benzin darin. Aber waren die Fässer noch voll? Bei zweien traf das zu, aber das dritte plätscherte, es war fast leer. Aber an der Wand des Lagers waren acht Zwanzig-Liter-Kanister aufgereiht, sie waren voller Benzin.

»Wir haben es in diese Gallonen gegossen, weil wir fürchteten, dass der Verschluss dieses einen Fasses ein bisschen undicht ist ... nur wegen der Explosionsgefahr natürlich«, erklärte der Hausmeister eilig. »Verkaufen wollten wir absolut nichts ...«

Der Lastwagen war ein alter klappriger Citroën, er hatte einen Holzgaskessel anstelle des Vergasers. Auf dem Fußboden des Raums lagen einige Säcke voller Holzspäne. Savolenko bedeutete Korhonen mit dem Pistolenlauf, dass er das Auto starten sollte, und der Hausmeister wurde angewiesen, das Benzin aus den Kanistern wieder in die Fässer zu gießen. Während Korhonen und der Hausmeister ihre Aufgaben erledigten, zitierte Kunitsin aus dem Kriegsgesetz. Er erklärte, der Diebstahl einer so großen Menge Benzin von der deutschen Armee bedeute für beide das Todesurteil.

»Aber wenn ihr uns dieses Autowrack billig verkauft, kommt ihr frei«, fügte er hinzu.

Man begann den Preis auszuhandeln. Kunitsin feilschte nur aus Gewohnheit, denn er hatte Geld in Hülle und Fülle. Korhonen schlug vor, dass sie für das Auto achtzehntausend Mark zahlen sollten. Kunitsin bot fünftausend Mark und die Freiheit.

»Wenn ihr das nicht akzeptiert, dann fahren wir nach Hyrynsalmi, wo wir euch den deutschen Behörden übergeben.«

»Wären nicht doch fünzehntausend angemessen?«, versuchte es Korhonen. »Wenn ihr bloß fünftausend zahlt, könnt ihr uns auch ebenso gut mitnehmen, von der Summe kann man nämlich sowieso nicht leben.«

Kunitsin bezahlte sechstausend Mark für das Auto. Ihm wurde eine schmuddelige Quittung ausgestellt, die Korhonen unterschrieb.

Schließlich waren sowohl das Geschäft abgeschlossen als auch der Holzvergaser zum Qualmen gebracht und das Auto in Gang gesetzt. Der Motor des Autos war ziemlich schwach, aber immerhin kam es mit seiner Last vorwärts. Savolenko und Kunitsin fuhren ohne viel Aufhebens hinaus aus Teppana und von dort zunächst nach Kajaani, wo sie ihre Skier abholten, und anschließend nach Kontiomäki. Kunitsin zählte die Geldbestände, es waren noch Zigtausende Mark. Er sagte zu seinem Kameraden:

»Wie reich doch unser Leben ist! Der Besitz wächst und wächst. Jetzt haben wir ein eigenes Flugzeug, ein Pferd und einen Schlitten und auch ein eigenes Auto.«
»Mit einem so schlechten Auto bin ich im ganzen Leben noch nicht gefahren. Zum Glück gibt es keine Flugzeuge mit Holzvergaser. Dieses Wrack ist keine hundert Rubel wert.«
Nachdem er kurze Zeit gefahren war, murmelte Savolenko:
»Ich hatte große Lust gehabt, die Benzindiebe zu erschießen.«
»Besser war es, das Auto zu kaufen, so kann die Militärpolizei uns nicht so schnell fassen.«
»Aber heute Morgen sind schon zwei Unschuldige von uns gegangen«, sagte Savolenko leise. Kunitsin gab zu:
»Die Räuber überleben den Krieg, die Guten gehen drauf…«

25

Kunitsin stellte Savolenko stolz das Pferd vor. Der tätschelte ihm den Hals, bewunderte es und fragte nach seinen Eigenschaften. Besonders freute sich Savolenko, als er den Sattel gesehen hatte. Er erzählte, dass er in jungen Jahren geritten sei und sein früheres Können erproben wolle, sobald sich Gelegenheit dazu bot. Aber jetzt war nicht genug Zeit, um das Pferd zu tätscheln. Kunitsin holte für Heikki Wasser aus dem Bach, denn das Wasser im Eimer war gefroren. Als Heikki getrunken hatte, wurde er angeschirrt und vor den Schlitten gespannt, dann fuhren die Männer mit ihm zur Landstraße, wo der alte Citroën mit den Benzinfässern stand.

Die Männer machten sich sofort daran, die Fässer in den Schlitten umzuladen. Kunitsin fällte im Wald zwei Bäume, die als stabile Stangen dienten und mit denen die Fässer aus dem Schnee in den Schlitten gerollt werden konnten. Auf der Straße war kaum Verkehr, und die wenigen Autos, die am Umladeplatz vorbeikamen, drosselten nicht mal das Tempo.

Das Pferd verfolgte interessiert die Aktion. Es schien die Last, die es ziehen sollte, zu bewerten und dann einzuschätzen, ob sie erträglich oder zu schwer sein würde. Als das dritte Fass in den Schlitten rollte, scharrte das Pferd nervös mit den Hufen im Schnee und schnaubte. Kunitsin erklärte ihm:

»Keine Bange, Heikki ... dies ist das letzte Fass, jetzt kommt nur noch Heu dazu.«

Das Pferd begnügte sich mit dieser Erklärung, beruhigt klapperte es mit seinem Gebiss.

Als die Fässer, hintereinander liegend, fest vertäut waren, erinnerte die Fuhre an einen Kühlzug. Hier waren sechshundert Liter Treibstoff in drei Fässern bereit für einen Ausflug in die Wildnis. Die Männer vereinbarten, dass Kunitsin mit der Fuhre sofort in den Wald fahren würde, Richtung Nordosten, Savolenko wiederum würde das Auto wegfahren und auf Skiern dann seinen Kameraden einholen.

Kunitsin setzte sich auf das erste Fass, nahm die Zügel und forderte Heikki auf, die Wanderung anzutreten.

»Nun, Heikki, dann wollen wir mal.«

Heikki schielte ihn wütend an, so als wollte er sich überzeugen, ob der Mann es ernst meinte oder hier auf Kosten eines ehrlichen Pferdes Späße machte. Sollte er, Heikki, etwa durch den tiefen Schnee waten, obwohl eine geräumte Landstraße endlos weit in beide Richtungen führte ...? Aber Kunitsin hielt an seinem Befehl fest, in den Wald sollte es gehen. Ärgerlich zog Heikki die schwere Last durch den tiefen Schnee.

Savolenko blickte den beiden nach. Er hielt das Deichselglöckchen, das er vom Geschirr abmontiert hatte, in den Händen. Wenn Fallschirmjäger unterwegs waren, gehörte Glöckchenklingeln nicht zum Programm. Er schleuderte die Schelle in den Wald, unterwegs klingelte sie, bis sie in den weichen Schnee fiel. Savolenko sagte sich, dass im Krieg wahrlich seltsamer Besitz vernichtet wurde, so wie gerade jetzt dieses Glöckchen: Nie mehr würde es fröhlich an der Deichsel klingeln, sondern würde im Wald vergammeln und vermoosen, würde für immer stumm in Kainuus

Wildnis liegen, und das nur, weil es einst an die Deichsel eines Kriegspferdes gehängt worden war.
Savolenko fuhr das Auto mehrere Kilometer weit in Richtung Sotkamo, dort ließ er es an der Straße stehen, wollte es zunächst anzünden, ließ es dann aber sein. Bald würde man es finden, die Beamten würden untersuchen, wer es dort abgestellt hatte. Aber wie sollte irgendjemand wissen, dass es von Fallschirmjägern benutzt worden war? Korhonen konnte nur erzählen, dass er es für sechstausend Mark an Deutsche verkauft hatte, und er würde sich freuen, wenn er sein Auto zurückbekäme. Es war besser, das Auto nicht anzuzünden, damit niemand ein Verbrechen vermutete. Savolenko stieg auf seine Skier und suchte rasch nach der Spur, die Kunitsin hinterlassen hatte. Bald stieß er auf diese Spur, machte ihren Beginn unkenntlich, indem er mit einem Ast drüberfegte, und lief dann in der Schlittenspur seinem Kameraden hinterher.
Nach einer Stunde schon holte er Kunitsin ein, der im Schlitten saß und in der *Kaleva*, einer alten Zeitung, las. Der Wind zerrte an den Seiten, der Text war schwer zu lesen. Als er seinen Kameraden sah, legte Kunitsin die Zeitung weg. Er schlug einen Kutscherwechsel vor. Sie machten es wie folgt: Kunitsin ging vorweg und bestimmte anhand der Wanderkarte die Richtung, Savolenko folgte mit dem Pferd in der Spur. Derjenige, der vorweglief, suchte nach dem geeigneten Gelände für die schwere Fuhre, nur an einigen besonders dicht bewachsenen Stellen mussten sie anhalten und gemeinsam ein paar im Weg stehende Bäume fällen.
Gegen Abend legten sie eine Pause ein, um zu essen und das Pferd zu füttern. Aus einem Bach holten sie sich Wasser und wärmten es über dem Feuer, damit das Pferd von dem eiskalten Getränk keine Halsschmerzen bekäme. Die

Männer selbst kochten sich Tee und aßen Brot, auch Heikki bekam ein Stück Brot. Das Pferd war müde. Vor der schweren Fuhre durch den tiefen Schnee zu waten, strengte es an. Aber es protestierte nicht, sondern zog nach der Pause wieder brav den Schlitten, Savolenko stieg von der Fuhre herunter und ging vor dem Pferd durch den Schnee, um so dem geplagten Tier die Arbeit zu erleichtern. Das Pferd interpretierte das als freundliche Geste und zupfte Savolenko mal an seinem Waffenrock und mal am Mantel, um so zu zeigen: Wir sind doch Freunde.

Am Abend kam Wind auf, und es wurde zeitig dunkel. Als sie nicht mehr genug sehen konnten, um weiterzuziehen, errichteten die Männer ein einfaches Lager. Sowohl das Pferd als auch sie selbst bekamen je eine dicke Schlafunterlage aus Reisig. Dann aßen sie tüchtig, und Heikki badete im weichen Schnee. Er hatte tagsüber geschwitzt und sich beschmutzt, im sauberen Schnee blieben dunkle Flecken in Pferdegröße zurück. Kunitsin bürstete ihm den Schnee ab und führte ihn zu seinem Reisig. Heikki starrte mit seinen großen Augen auf das Lagerfeuer der Männer, lauschte ihrer russischen Unterhaltung. Aber weil er nichts verstand, legte er schließlich seinen müden Kopf aufs Reisig und schloss die Augen. Nur an den sachten Bewegungen der Ohren war zu erkennen, dass er nicht schlief, oder falls doch, dann träumte er. Savolenko breitete die Decke über ihm aus, und nun konnten auch die Männer ihren Schlaf organisieren.

Wegen eventueller Verfolger schlief immer nur einer, und der andere wachte. Zunächst schlief Kunitsin bis Mitternacht, danach konnte Savolenko sich ausruhen. In den frühen Morgenstunden blies der Wind heftiger, wurde zum Schneesturm, Kunitsin saß allein da und wachte, schürte das Feuer und kochte sich Tee. Die Wildnis ringsum rauschte im Sturm, die Flammen des Feuers züngelten und knisterten, der Verbrauch an Holz war hoch.

Am Morgen weckte Kunitsin die beiden Schlafenden. Müde standen sie auf, besonders das Pferd, das morgens schlecht gelaunt war. Als es angeschirrt werden sollte, machte es allerlei Zirkus, es blähte den Bauch auf, als der Bauchgurt gestrafft wurde, nagte mit den Zähnen am Trensengebiss, sodass es sich kaum einsetzen ließ, und als der Kummetriemen angelegt werden sollte, duckte es sich, sodass es unmöglich war, die Aufgabe zu vollenden. Aber als Kunitsin ihm ein Stück Brot zerbröselte, hörte es auf mit dem Treiben und ließ sich widerstandslos vor den Schlitten spannen.

Die Männer studierten das Gelände auf der Karte. Sie stellten fest, dass sie sich am Oberlauf des Flusses Miesjoki befanden, etwa eine Meile nordöstlich der Landstraße Kontiomäki-Sotkamo. Zum Flugzeug waren es, von diesem Punkt aus gesehen, etwa dreißig Kilometer in Richtung Ostnordost. Da sie im Wald mit dem schweren Schlitten nicht immer auf geradem Wege vorankamen, betrug die Länge der Strecke zum Flugzeug vielleicht vierzig oder fünfzig Kilometer.

»Es wird viele Tage dauern, bis wir da sind«, vermutete Kunitsin. »Zeit geht ja auch noch dafür drauf, dass wir Scheunen suchen müssen, aus denen wir Heu für Heikki besorgen.«

»Zeit haben wir, so viel wir wollen. Wir kommen auf jeden Fall klar, schließlich haben wir ein gutes Pferd, das tiefen Schnee nicht scheut.«

Das Pferd fraß Brot und trank hinterher Wasser. Seine morgendliche Gereiztheit war weg. Als der Moment des Aufbruchs kam, zog es den Schlitten an und stakste eifrig los.

Savolenko lief auf Skiern vorweg, Kunitsin agierte als Kutscher. Manchmal stieg er vom Schlitten ab und ging zu Fuß, manchmal hielt er das Pferd an und fällte einen Baum, der sie behinderte. Der nächtliche Schneesturm hatte ihre Spuren vom Vortag zugeweht, vor Verfolgern waren sie jetzt sicher.

So bewegte sich der Tross langsam im Morgengrauen durch die Wildnis: Heikki zog, Kunitsin lenkte, und Savolenko lief auf Skiern. Das Benzin gluckste in den Fässern, wenn sich der Schlitten entsprechend der Schneewälle neigte. Die Richtung war Ostnordost, hin zu den Grenzbereichen der Gemeinden Sotkamo, Ristijärvi und Hyrynsalmi. Es ging tief hinein in die Einöde, in Gegenden, in denen keine Menschen lebten, in die verborgensten Winkel von Kainuu. Irgendwo dort wartete das Schlachtflugzeug der Fallschirmjäger, getarnt im Waldesinneren hinter einem vereisten See.

26

Immer tiefer ins Innere von Kainuu führte der Weg. Das Wetter war mild, der Frost betrug nur um die zwei Grad. Gelegentlich schneite es. Die Spuren waren inzwischen bereits zugedeckt, die Wanderer brauchten nicht mehr zu fürchten, dass der Feind mit einem bewaffneten Trupp ihren Spuren folgen und auftauchen würde, um für ihre Taten Rache zu üben.

Am vernünftigsten war es, mit dem Tross den Ufern von Seen oder Mooren zu folgen, dann brauchten nicht so oft Bäume gefällt und aus dem Weg geräumt zu werden, aber eines der großen Moore zu überqueren, wagten sie nicht, denn es hätte ja sein können, dass eine feindliche Maschine die Gegend überflog, und ein außergewöhnlicher Transport hätte sicherlich die Neugier der Piloten geweckt.

Immer, wenn die beiden Männer sich auf Russisch unterhielten, ließ Heikki Anzeichen von Ärger und Verdruss erkennen: Ihm war die Sprache fremd, und er mochte nicht auf die vertrauten Klänge verzichten. Als Savolenko das erkannt hatte, fing auch er an, das Pferd bei seinem finnischen Namen Heikki zu rufen, und er lernte ein paar weitere finnische Wörter, sodass er mit dem Pferd sprechen konnte. Auf diese Weise verstand er sich prächtig mit Heikki.

Aber der Gesang, auch wenn er russisch war, gefiel Heikki:

Manchmal, wenn der Pilot auf der Fuhre saß und besonders melancholische Weisen sang, blieb Heikki stehen, um zu lauschen. Dann drehte er sich zu dem auf dem vordersten Fass sitzenden und singenden Mann um und zog mit der Fuhre erst weiter, wenn das Lied endete.
Jedes Mal, wenn sie eine längere Pause machten, zündeten die Männer ein gutes Lagerfeuer an und befreiten Heikki von seinem Geschirr. Dann tummelte er sich für gewöhnlich im Schnee, und dazu bekam er alle Freiheit, denn noch nie hatte er die geringsten Anstalten gemacht zu fliehen. Er wusste seine Freiheit zu würdigen, nutzte sie für Auslauf in der Umgebung des Lagers, ohne Geschirr und nur mit der Decke auf dem Rücken. Er erkundete das Gelände, schnupperte in der Luft und an den Baumstämmen, kontrollierte den Wald wie ein Forsttechniker, der die Länge der Baumstämme misst. Manchmal scharrte er den nackten Boden unter dem Schnee hervor und untersuchte, welche Vegetation es dort im Sommer gegeben hatte. Wenn er mistete, drehte er sich hinterher um und prüfte das Ergebnis, betrachtete den Haufen selbstkritisch, manchmal stieß er mit den Hufen Schnee darauf und wandte sich dann wieder anderen Dingen zu.
Brühfutter machte Kunitsin, indem er in das Heu großzügig Mehl mischte und warmes Wasser hinzufügte. Wasser trank Heikki überhaupt gern, erwartete aber, dass es warm war. Eiskaltes Wasser mochte er nicht, trank es nur bei großem Durst und verzog dann stets die Lippen, wahrscheinlich schmerzten seine Zähne. Wasser über dem Lagerfeuer zu erwärmen, war mit großem Aufwand verbunden, besonders wenn dazu erst einmal Schnee geschmolzen werden musste. Aber die Zufriedenheit des Pferdes war für die Männer lebenswichtig: Wenn das Tier nicht in guter Ver-

fassung war, würden die Benzinfässer nie beim Flugzeug ankommen.
Kunitsin erzählte seinem Kameraden die Geschichten, die er über Heikkis Vergangenheit gehört hatte, auch von seinem Auftritt als Kolonnenpferd, und Savolenko lachte amüsiert:
»Ein spaßiges Tier, wahrhaftig!«
Manchmal sattelte er das Pferd und ritt mit ihm eine Weile in der Umgebung des Lagers umher. Heikki war daran gewöhnt, gesattelt zu sein, er wäre gern gelaufen und getrabt, aber der dicke Schnee verhinderte es. Sowohl das Pferd als auch der Mann genossen diese freien Momente zu zweit außerordentlich.
Heikki hatte für die beiden Männer nicht nur beim Benzintransport, sondern auch anderweitig praktischen Nutzen. Er erwies sich nämlich als äußerst aufmerksamer Beobachter. Er registrierte alles, was ringsum geschah, so gut wie nichts entging seiner Aufmerksamkeit. Wenn im dichten Fichtenwald lautlos ein Eichhörnchen herumsprang, was den Männern völlig entgangen war, so sah das Pferd es sehr wohl. Es hielt an und beobachtete das Tier, sodass auch die Männer es entdeckten, wenn sie seinen Blicken folgten.
Von Heikki geführt schossen sie auch viele Wildvögel. Bald lernte er, dass Wildvögel in den meisten Fällen geschossen wurden. Und so schnaubte er jedes Mal, wenn er einen Birk- oder Auerhahn sah, um kundzutun, dass der geeignete Moment gekommen war, die Waffe zu benutzen.
Nachts, wenn der Wind aus weiter Ferne einen seltsamen Laut ins Lager trug, hob das Pferd seinen Kopf und lauschte, peilte mit seinen langen Ohren, versuchte, die Botschaft zu entschlüsseln. Die Männer konnten aus dem Verhalten des Pferdes schließen, ob es sich um eine ungefährliche, inter-

essante oder ärgerliche Botschaft handelte. Einmal verirrte sich eine Rentierherde ins Lager, und Heikki verlor die Beherrschung, er wieherte so wütend, dass die Tiere erschrocken davonrannten.

Eines Abends gelangte der Tross an einen vereisten Bach, und bei seiner Überquerung passierte ein schlimmes Malheur. Kunitsin, der zu diesem Zeitpunkt die Zügel hielt, war eingeschlafen, sodass er direkt in den Bach fuhr, obwohl er erst hätte prüfen müssen, ob das Eis noch hielt.

Obwohl die Eisdecke von Flüssen und Bächen Pferd und Fuhre bisher immer getragen hatte, gab das Eis diesmal unter Heikki nach. Die Strömung hatte das Eis bereits zu dünn geleckt. Heikki brach bis zu den Flanken ein. Schnaubend stieg er am anderen Ufer aus dem Wasser und zog so die Fuhre in den Bach. Die Situation war ernst, denn der Schlitten drohte zu zerbrechen, als das erschrockene Pferd gegen das Kummet rannte. Savolenko eilte herbei und befreite das Pferd rasch vom Geschirr. Dann brachten sie alle nass gewordenen Gegenstände aus dem Schlitten ans Ufer, die Rucksäcke, das Heu, den Proviant.

Kunitsin tadelte seine eigene Unaufmerksamkeit mit bitteren Worten, und Savolenko war vermutlich mit ihm einer Meinung, obwohl er nichts sagte. Der Schlitten lag so tief im Bach, dass das Wasser bis an den unteren Rand der Fässer reichte. Das Pferd stand frierend auf der Uferböschung, es ließ seine Muskeln vibrieren, so wie es die Pferde im Sommer tun, wenn die Bremsen sie quälen. Savolenko warf ihm die Decke über und forderte es auf, weiter zurückzugehen.

Die im Bach liegende Benzinfuhre würde sich nicht mit nur einem Pferd herausziehen lassen, dafür war das gegenüberliegende Ufer zu steil. So beschlossen die Männer denn, aus dicken Seilen eine Winde herzustellen, deren eines Ende sie an den vorderen Streben des Schlittens befestigten, das andere an einer Kiefer am gegenüberliegenden Ufer. Mit der Axt schlugen sie eine Anzahl oberschenkeldicker Klötze zurecht, die sie als Knüppeldamm vor den Schlitten legten, damit er besser aus dem Bach herauskäme. Dann drehten sie die Winde. Langsam verflochten sich die Seile miteinander, von Mal zu Mal wurde das Seil kürzer und die Spannung stärker, die Kiefer am anderen Ufer begann zu schwanken, ihr Wipfel neigte sich dem Ufer entgegen, Schnee rauschte von ihren Ästen herunter, aber es bewegte sich auch der schwere Schlitten am Grund des Baches. Das Wasser trübte sich, als er sich ganz langsam aus dem Morast löste. Zwischendurch musste die Winde gekürzt werden.

»Die weißen Finnen nennen dieses Ding Russenwinde«, sagte Kunitsin, während er rot vor Anstrengung den Knebel drehte.

»Es wird erzählt, dass bei der Erbauung der Isaaks-Kathedrale die Marmorplatten mit solchen Vorrichtungen nach oben auf den Turm gehievt wurden«, wusste Savolenko.

Zwei Stunden lang drehten beide die Winde, ehe die Fuhre ans andere Ufer gerettet war. Die Männer hämmerten das Eis vom Schlitten herunter, bauten die Winde ab und schlugen an Ort und Stelle ihr Nachtlager auf, denn es war bereits dunkel geworden. Das Pferd bekam Heu und Wasser, ein Lagerfeuer wurde entfacht, Tee gekocht und dann noch eine Runde Schach gespielt.

Mitten im Spiel erschraken die Männer furchtbar: Ein zischendes Brüllen war zu hören, Schnee fiel von den benachbarten Bäumen.

Das Pferd hatte geniest. Mit wässrigen Augen sah es die im Feuerschein sitzenden Männer an. Die blickten entsetzt auf ihr Pferd, das ein zweites Mal nieste, Schaum flog aus seinen Nüstern, und wieder fiel Schnee von den Bäumen.

»O heilige Mutter«, rief Savolenko.

»Heikki hat Schnupfen«, klagte Kunitsin erschrocken.

Schockiert überlegten sie gemeinsam, wie ein verschnupftes Pferd behandelt werden musste. Kunitsin versuchte sich zu erinnern, ob für solche Fälle überhaupt Medikamente existierten.

Als Sofortmaßnahme machten sie jedenfalls einen Eimer Wasser recht heiß, vermischten ihn mit ein wenig Spiritus und boten ihn Heikki an. Der trank nur wenig davon, vielleicht mochte er den Geruch und Geschmack von Alkohol nicht. Man konnte sehen, dass er wirklich krank war, es ging ihm schlecht. Der Aufenthalt in dem eiskalten Bach war zu viel gewesen für die Gesundheit des überanstrengten Kriegspferdes.

Die Männer entfachten im Wäldchen am Fluss ein großes Feuer, sie trugen eine dicke Schicht Reisig zusammen, die dem Pferd als Schlafunterlage dienen sollte, mit der Decke und mit Heu deckten sie es zu. Das Pferd legte sich hin, streckte den Kopf auf dem Reisig aus und schloss die wässrigen Augen. Sein Atem ging schwer, Kunitsin fürchtete, dass es eine Lungenentzündung bekommen würde. Die Männer wachten abwechselnd die ganze Nacht an der Seite des kranken Tieres, sie horchten auf seinen Atem, deckten es, wenn die Decke auch nur ein wenig verrutscht war, sorgfältig zu wie eine Mutter ihr Kind. Heikki schlief unruhig, warf sich herum und träumte: Seine Hufe zuckten, die Ohren bewegten sich, und aus seiner Kehle drang seufzender Atem.

27

Den Kopf ausgestreckt, schlief das Pferd bis zum Morgen. Die Männer kochten sich ihren Tee und wärmten dann für Heikki einen Eimer Wasser, in das Kunitsin Mehl mischte, damit es dem kranken Tier vielleicht besser schmeckte. Aber die Krankheit hatte Heikki den Appetit geraubt, er trank nur ein paar Liter von dem Mehlbrei.

Am Vormittag kämpfte sich Heikki von seinem Lager hoch, er kam auf die Beine, war aber so kraftlos, dass er sich bald wieder hinlegte. Savolenko war äußerst besorgt über den Zustand des Tieres. Er schlug vor, dass Kunitsin bei ihm Fieber messen sollte. Kunitsin steckte dem Pferd das Fieberthermometer ins Maul und sah auf die Uhr. Heikki war ein wenig befremdet über das Ding in seinem Maul, ließ es aber, wo es war.

Nach einer Viertelstunde nahm Kunitsin das Thermometer heraus, wischte den Geifer ab und prüfte das Ergebnis.

»40,2 Grad.«

Er war sich nicht ganz sicher, ob diese Temperatur bei einem Pferd zu hoch war. Dann kam er zu dem Schluss, dass große Tiere eine niedrigere Körperwärme haben, und wenn dem so war, bedeuteten mehr als vierzig Grad Fieber eine ernste Erkrankung.

Er holte die Medikamente hervor, die er in Kajaani gekauft hatte. Er hatte Schmerzmittel, Fiebertabletten, Jod, Kampfer,

Hustensaft auf Lager, aber all das war für die Behandlung von Menschen gedacht. Wollte man diese Arzneien einem Pferd geben, müssten sie um ein Mehrfaches höher dosiert werden.
Kunitsin machte sich daran, für Heikki eine Medikamentengabe zusammenzumischen. Diese Mischung enthielt: zwanzig Päckchen Kopfschmerzpulver, zwei Schachteln Fiebertabletten, eine Flasche Hustensaft und zwanzig Tabletten Pervitin. In diese Mischung rührte er noch den Inhalt einer halben Flasche Spiritus. Savolenko sah sich das Ergebnis an und meinte zweifelnd:
»Dass er bloß nicht stirbt! Ist ein starkes Serum geworden.«
Kunitsin fügte dem Spiritus noch einige Tropfen Äther hinzu, und als das Produkt fertig war, ließ er Heikki direkt aus der Flasche trinken und flößte ihm ziemliche Mengen davon ein.
Das Mittel war so wirksam, dass das kranke Tier von seinem Lager aufsprang und mit glühenden Augen den Kopf schüttelte. Den großen Körper durchlief eine starke Schüttelwelle. Der Atem des Pferdes roch nach Medizin, Spiritus und Äther, es schnaufte und schnappte auf der Erde nach Schnee. Savolenko brachte dem Pferd eilends einen Eimer warmes Wasser, den es bis zum Grund ausschlürfte. Dann stieß es pustend Luft aus und legte sich nieder. Es blickte Kunitsin mit glasigen Augen an, drehte schließlich den Kopf weg.
»Wenn das nicht hilft, weiß ich es auch nicht, etwas Stärkeres kann ich nicht bieten«, sagte Kunitsin.
»Zumindest hat er das Wasser gemocht«, konstatierte Savolenko zufrieden, denn er war der Meinung, dass man einem Fiebernden immer reichlich Wasser oder Milch geben sollte.

»So hat es mich meine Großmutter gelehrt«, ergänzte er und streichelte die Mähne des Pferdes.

Diesen Tag verbrachten die Männer still am Lagerfeuer, immer darauf bedacht, das Pferd nicht zu wecken, das bald nach der medizinischen Behandlung eingeschlafen war. Von Zeit zu Zeit ging Savolenko hin, um die Halsschlagader des Pferdes zu fühlen.

»Ich kontrolliere, ob es noch lebt«, erklärte er seinem Kameraden.

Am Abend löffelten sie dem Pferd dicken Mehlbrei ins Maul. Kunitsin gab ihm auch ein wenig Medizin, zögernd nahm es sie zu sich, man konnte sehen, dass ihm das Gemisch zutiefst zuwider war.

In der Nacht war der Frost ein wenig strenger, etwa zehn Grad diesmal. Wieder loderten die Feuer zu beiden Seiten des kranken Tieres, und die Männer passten auf, dass ihm die Decke nicht herunterrutschte. Um Mitternacht maß Kunitsin bei dem schlafenden Pferd Fieber. Die Sache hatte sich zum Besseren gewendet.

»39,2 Grad.«

Am Morgen schlief das Pferd bereits ganz ruhig. Als es erwachte, stand es aus eigenem Antrieb auf und ging in das Fichtengehölz, wo es lange gedankenverloren herumstand. Bald danach kehrte es auf seine Liegestatt zurück. Als es galt, die Medizin einzunehmen, protestierte es lautstark, und das starke Getränk musste ihm fast gewaltsam eingeflößt werden. Wieder wurde Fieber gemessen, es war weiter gesunken. Kunitsin tätschelte den Hals des Pferdes und sagte:

»Das Fieber sinkt, mein Bruder … wir müssen dich nicht hier im Wald erschießen.«

Noch zwei weitere Tage blieben sie im Lager am Bach. Das Pferd wurde mit kräftigem Mehlbrei gefüttert, und es durfte liegen, solange es wollte. Die Medikamentenmenge wurde verringert, bis das Pferd genesen war. Dann wurde es wieder angespannt, und es machte sich eifrig wieder an die Arbeit. Anscheinend war ihm das tatenlose Herumliegen langweilig gewesen.

Die Krankheit hatte Heikki sehr geschwächt. Der Kutscher saß jetzt nicht mehr auf der Fuhre, sondern ging hinter dem Schlitten her und half an schwierigen Stellen durch Schieben.

Am 29. März, es war ein Sonntag, erreichten sie die bergige Gegend von Kainuu. Jetzt kamen sie täglich nur einige wenige Kilometer vorwärts, denn das Gelände in der Hochebene war schwierig, die Fuhre war schwer, und das Pferd als Konvaleszent konnte man nicht von morgens bis abends ziehen lassen. Den Karten zufolge befanden sie sich hinter dem Tuomaanjärvi, auf der Seite von Ristijärvi. Bis zum Flugzeug war es noch ein tüchtiges Stück Weg. Das Pferd würde noch viele Tage die Fässer ziehen müssen, ehe sie am Ziel wären.

28

Es war ein milder Spätwinter, in dem es kaum fror, die Sonne schien warm, nachmittags schmolz oft der Schnee und wurde zu Matsch. In der unbewohnten Einöde brauchten die Fallschirmjäger nicht ständig auf der Hut zu sein und den Feind zu fürchten. Im Frühlingswind bräunten sich ihre Gesichter, die Sonne brannte ihnen ihre Vitamine ein, das Essen war gut und abwechslungsreich, der Hunger der Belagerungszeit war ihnen auf den ersten Blick nicht mehr anzusehen.

Für Heikki holten sie Heu aus einsam stehenden Heuschobern, und die gab es vor allem an den Ufern von Bächen und Sumpfmooren. Das Heu war im Sommer dort eingelagert worden, es war Naturheu, trocken und weich. Heikki fraß es gern, besonders, wenn ein wenig Mehl hineingestreut wurde.

Eines Abends, als die Männer gedankenverloren am Lagerfeuer Schach spielten, äußerte Kunitsin:

»Sind wohl bereits gefunden worden ... die Selbstmörder.«

Savolenko machte einen nervösen Zug, blickte dann in die Flammen, hüstelte trocken. Dann begann er zu sprechen:

»Warum, Genosse, redest du davon? Die Schuld lag bei mir, oder bei dir, du hast das Gift gemischt? Willst du mich danach fragen?«

Kunitsin musterte seinen Kameraden, einen traurigen Mann, der seinen schwarzen Schnäuzer zwirbelte, die Hand zitterte ein wenig. Um ihn zu trösten, sagte Kunitsin:
»Es war ein Unfall, eigentlich ein mehrfacher Unfall ... im Krieg passieren Unfälle, es läuft nicht alles so wie geplant. Aber wozu noch länger trauern! Du hast eine Frau, Ludenka, in Moskau. Sobald die Deutschen vor den Toren Leningrads verjagt sind, kehrt deine Frau nach Hause zurück, ihr bekommt Kinder, der Krieg endet!«
Er schwieg eine Weile und fuhr dann mit völlig veränderter Stimme, ja fast fröhlich, fort.
»Es war wie aus einer Tragödie von Shakespeare, hast du das mal bedacht?«
Savolenko drehte sich zu ihm um, schnauzte fast wütend:
»Jetzt wird nicht mehr davon gesprochen. Begreifst du nicht, dass ich um die Sache trauere? Und rede auch nicht von meiner Frau! Gehen wir schlafen, ich will nicht mehr spielen.«
Kunitsin sammelte die Figuren ein und steckte das Schachbrett in den Rucksack. Dann legten sich die Männer nieder, zu beiden Seiten des Pferdes, das bereits schlief.
Am nächsten Tag erreichte die Treibstofffuhre bereits die unendlichen Wälder im Grenzbereich der Gemeinde Hyrynsalmi. Die Männer staunten nicht schlecht, als sie vor sich aus der Ferne Geräusche hörten, Axtschläge und bald auch Stimmen. Sie hielten das Pferd an, sprangen auf ihre Skier, nahmen die Waffen und liefen in die Richtung der Stimmen. Kunitsin vermutete, dass sie auf einen entlegenen Holzeinschlagplatz gestoßen waren. Als sie näher herankamen, begannen sie zu bezweifeln, dass dort Holzfäller am Werk waren, denn es waren sehr helle Stimmen, die durch die Einöde schallten.

»Vielleicht sind es Schuljungen, die Brennholz hacken?«, meinte Savolenko.
»Für Jungen sind sie sehr geschwätzig, eher dürften es Frauen sein«, fürchtete Kunitsin.
Möglichst leise bewegten sich die Männer durch den dichten Wald, die Waffen gespannt, den Feldstecher in der Hand.
»Ich kann sie unmöglich erschießen, falls es Frauen sind und sie uns entdecken, wir müssen vorsichtig sein«, flüsterte Savolenko.
Die Männer nahmen die Skier ab, robbten die letzten Meter durch den Schnee, bis sie eine große Gruppe Frauen in Lotta-Uniform sahen, die um ein Feuer standen.
»Aha, Frauen«, konstatierte Kunitsin.
»Kein einziger Mann.«
»Sie scheinen zu streiten.«
»Übersetz ins Russische, um was es geht«, bat Savolenko.
Kunitsin erklärte seinem Kameraden, dass es sich bei den Frauen um Lottas handelte, die hierhergekommen waren, um Holz zu machen.
»Es scheint um irgendeinen Beschluss zu gehen. Sie werfen sich selber vor, versprochen zu haben, dass jede von ihnen einen Raummeter Holz fürs Vaterland schlagen würde, aber so viel schafft keine. Auf die lange magere Frau dort drüben haben sie es besonders abgesehen, jene mit dem schwarzen Gesicht dort«, erklärte Kunitsin.
»Das hier sind also Lottas, diese finnischen Armeehelferinnen«, sinnierte Savolenko. »Scheinen zum Glück keine Waffen bei sich zu haben.«
»Jetzt reden sie vom Krieg. Die eine dort sagt, dass die Kriegsgefangenen ihrer Meinung nach für die Finnen das Holz schlagen könnten. Sie sagt, die eigentliche Aufgabe

der Lottas sei es, an der Seite der Soldaten zu kämpfen und nicht, sich hier in diesem zugewucherten Wald herumzuschlagen. Eine der Lottas verkündete:
»Nie hätte ich gedacht, dass Holzmachen eine so schreckliche Arbeit ist. Warum, Esteri, hast du uns nichts davon gesagt?«
Kunitsin erklärte, dass die Frau mit dem dunklen Gesicht Esteri hieß, anscheinend die Leiterin der Gruppe. Sie wurde kritisiert, es formierte sich Widerstand:
»Also ich fälle keinen einzigen Baum mehr. Drei Stück habe ich geschafft, das muss reichen. Gehen wir nach Hause, was sollen wir noch hier.«
Esteri erstickte den Widerstand jedoch durch die Mitteilung, dass der Pferdewagen, der sie nach Ristijärvi zurückbringen würde, erst am Abend komme. Bis dahin hieße es Holz machen.
Zwei Frauen entfernten sich vom Feuer. Sie stapften in den Wald, kamen direkt auf die dort liegenden Fallschirmjäger zu. Die Männer drückten sich tiefer in den Schnee, sie hatten Angst, dass man sie gesehen hätte. Savolenko flüsterte hastig:
»Schieß nicht … wenn sie nicht direkt auf uns drauftreten.«
Die Frauen machten unmittelbar vor den Fallschirmjägern Halt, zogen ihre Hosen bis auf die Fersen herunter und pinkelten in den Schnee, dass es nur so zischte. Beide Lottas waren jung, ihre Hinterteile prangten groß und rot vor den entsetzten Augen der Fallschirmjäger. Eine der beiden Frauen schimpfte über die Leiterin:
»Esteri ist einfach unmöglich. Lockt uns in diesen Wald.«
»Huch, ist es hier kalt, das ist ja wirklich was«, sagte die andere.

»Hast du von dem Fall in Kajaani gehört?«, fragte nun jene, die mit dem Pinkeln schon fertig war. »Im Kirchdorf haben sie gestern erzählt, die Dienstmagd aus der Apotheke hätte der Polizei gesagt, dass es ein Doppelselbstmord war, der damit in Zusammenhang stünde, dass die Apothekerin einen deutschen Liebhaber hatte.«

»Was du nicht sagst!? Aber warum hat der Mann dann das Gift getrunken? Ich hätte das nicht gemacht, die Frau war doch schuld.«

»Vielleicht liebte er sie so sehr, dass er nicht mehr leben wollte, weil sie ihn betrogen hatte.«

»Aber musste er sich deshalb unbedingt umbringen? Ich verstehe die Männer nicht.«

In aller Ruhe ordneten die Frauen ihre Kleidung. Die geschockten Fallschirmjäger klammerten sich mit weißen Knöcheln an ihre Waffen und wünschten sich nichts sehnlicher, als von den Pinklerinnen wegzukommen.

Schließlich kehrten die Frauen zum Feuer zurück. Die Lottas sprachen jetzt über Fallschirmjäger. Wie es hieß, waren in Hyrynsalmi welche gesehen worden, sie hatten dort Deutsche erschossen. In vielen Gemeinden waren Kommunisten festgenommen worden, man hatte sie verhört, aber noch hatten sie nicht gestanden, den Fallschirmjägern geholfen zu haben.

Als die Fallschirmjägerfrage abgehandelt war, sprachen die Frauen über Kriegsgefangene, die im Sommer als Arbeitskräfte zu den Bauern geschickt werden sollten. Einige Leute waren jedoch der Meinung, dass die Gefangenen nicht in die Gegenden geschickt werden sollten, die sich so nah an der Ostgrenze und der Front befanden, sonst würden sie womöglich mitten in der Heuarbeit zu den Ihren flüchten.

»In Ostbottnien sollen sie eingesetzt werden.«

»Da haben die Weiber Ostbottniens im Sommer gut lachen, wenn Russen ihnen das Heu machen und sie mal richtig durchficken.«

»Lass das gefälligst!«, schimpfte Esteri. »Diese Art der Ironie ist für eine Lotta äußert unpassend.«

Nach und nach verließen die Frauen die Wärme des Feuers und gingen wieder an ihre Arbeit. Die eine zersägte eine vereiste Birke für die Rauchsauna, die Säge verbog sich, eine zweite Frau zerschlug mit der Axt einen Kloben, ohne das Kernholz spalten zu können, und wieder eine andere entästete einen Birkenstamm, die vereisten Reiser schlugen ihr in die Augen, und ein schriller Fluch gellte über den Platz.

»Wenn es nicht die Frauen des Feindes wären, könnten wir ihnen helfen«, meinte Savolenko.

»Sobald wir wieder ans Funkgerät kommen, teile ich der Division mit, dass hier ein großer Mangel an Arbeitskräften herrscht, sodass die Frauen Holz machen müssen.«

Vorsichtig entfernten sich die Fallschirmjäger vom Holzplatz der Lottas. Sie kehrten zu Heikki zurück und fuhren weiter, wobei sie um das Holzeinschlaggebiet einen weiten Bogen machten. Abends im Lager weckte Kunitsin noch einmal die Erinnerungen an die Lottas.

»Die beiden waren prachtvoll, erinnerst du dich?«

»Ja, sehr gut ... man hatte Angst, entdeckt zu werden, und man schämte sich, dort zu liegen, andererseits bekam man Lust ...«.

29

Es war ein strahlend heller Tag im April 1942 und Karfreitag, als die Fallschirmjäger mit der Benzinfuhre in ihrem Lager hinter Luvankylä, Gemeinde Hyrynsalmi, ankamen. Ihr müdes Pferd Heikki hatte die schwere Fuhre bis ans Ziel gezogen, quer durch eine unendliche Schneewildnis hierher in die weiten Ebenen, an einen Ort, an dem das von den Fallschirmjägern versteckte große Schlachtflugzeug unter schneebedeckten hohen Fichten stand.

In den letzten Tagen war es nur langsam vorangegangen, denn das Pferd war immer müder geworden und abgemagert, das Mehl war fast aufgebraucht, und auch die Krankheit hatte an Heikkis Körper gezehrt. Aber jetzt waren sie am Ziel. Der schwere Weg war geschafft, und das Pferd konnte von seinem Geschirr befreit und von seinem Platz vor der schweren Fuhre erlöst werden.

Viele Wochen lang hatte die Sturmovik an ihrem Platz gestanden, eine dicke Schneeschicht bedeckte sie, bedeckte den Rumpf und die Tragflächen. Die Fenster im Cockpit waren komplett vereist, und der Propeller ließ sich von Hand nicht in Bewegung setzen.

Nur die Bewohner der Wildnis, allerlei Getier, hatten das Lager gefunden. Die Spuren von Waldmäusen, Hermelinen und Füchsen waren überall zu sehen. Die Viecher waren sogar auf den Tragflächen herumgelaufen, um das große Gerät zu bestaunen. Der Fuchs hatte das Funkgerät aufgestöbert, hatte die Lederriemen des Transportkastens zerfressen. Kunitsin entzündete ein Feuer und machte sich daran, das Gerät zu reinigen, die empfindlichen Teile zu trocknen. Wie er vermutete, war es ansonsten völlig in Ordnung

Jetzt gab es jede Menge zu tun. Als Erstes bereitete Kunitsin ein kräftiges Brühfutter für das Pferd zu, dabei streute er reichlicher Mehl als sonst zwischen das Naturheu. Dann bekam das Pferd seine Decke auf den Rücken und durfte frei im Lager herumlaufen.

Nachdem er das Pferd gefüttert hatte, bereitete Kunitsin eine Geheimbotschaft für die 186. Division vor. Das erforderte Zeit, in der Savolenko die Fuhre entlud. Er rollte die Benzinfässer vom Schlitten und stellte sie fest in den Schnee. Als das Pferd sah, dass die Fuhre endlich entladen wurde, freute es sich außerordentlich. Lange genug hatte es die schwere Fässerfracht durch die Wälder gezogen, Tag für Tag und durch dicken Schnee. Das Pferd kam zum Schlitten und wieherte zufrieden, ging zum nächststehenden Fass und trat ganz leicht dagegen, mit einer Miene, die sagte, dass es ein für alle Mal genug davon hatte, diese plätschernde Fracht zu ziehen. Am Fass entstand eine Beule: Wenn ein Pferd tritt, sei es auch nur zum Spaß, dann hat das immer sichtbare Folgen.

Savolenko scheuchte Heikki von den Fässern weg. Er ging in den Wald und fällte einen langen Fichtenstamm, den er entästete. An der Spitze ließ er einen buschigen Reisigbesen stehen. Mit diesem Gerät fegte er den Schnee vom Rumpf und von den Tragflächen des Flugzeugs. Savolenko war sehr froh, dass er sich wieder um seine Maschine kümmern konnte. Dem Pferd, das sich zu ihm gesellt hatte, erklärte er die Eigenschaften der Sturmovik:

»Pass auf, Heikki ... diese Maschine hat einen Motor von tausendsechshundert PS, ziemlich stark! Die Flügelspannweite beträgt vierzehn Meter, die Länge der Maschine elf Meter sechzig, die Flügelfläche fast vierzig Quadratmeter. Leer wiegt die Maschine viertausendzweihundert Kilo, bei voller Beladung fünftausenddreihundert Kilo. Ist ein ziemliches Ungetüm, oder? Man erreicht damit vierhundertsiebzig Stundenkilometer, ob du's glaubst ...«

Heikki verfolgte interessiert die Befreiung der Maschine aus ihrer Schneehülle, aber von Savolenkos Worten begriff er natürlich überhaupt nichts, denn der Mann sprach Russisch.

Nachdem Savolenko die Maschine vom Schnee befreit hatte, begann er, sie zu betanken. Er benutzte die Eimer, mit denen Heikki getränkt wurde, trug damit Benzin aus den Fässern zum Flugzeug und goss durch einen Trichter einen Eimer nach dem anderen ins Innere der Maschine. Mehr als siebzig Eimer musste der Pilot insgesamt zur Maschine schleppen, ehe die Fässer leer waren und der Tank der Maschine voll.

Die leeren Fässer rollte Savolenko ins Waldesinnere, dort hob er tiefe Gruben aus, die er anschließend mit Schnee bedeckte. Nach und nach verzog sich der Benzingestank aus der Gegend um das Lager, und es herrschte wieder wunderbare Ruhe. Kunitsin schürte das Feuer, kochte Essen. Er hatte seine Geheimbotschaft fertig und kündigte an, dass er nach der Mahlzeit mit der Übertragung beginnen würde.

»Besonders über die Stimmung beim Feind will ich berichten«, erklärte er.

30

Kunitsin machte sich bereit, eine Geheimbotschaft an die eigenen Truppen hinter der Frontlinie, die 186. Division, zu schicken. Savolenko setzte sich rittlings neben ihn und kurbelte am Generator des Funkgeräts. Zunächst gab Kunitsin den Code zur Kontaktaufnahme ein, dann wartete er auf Antwort, die diesmal überraschend schnell erfolgte.

Kunitsin schickte seine lange Botschaft in einem Stück, ohne Unterbrechung. Savolenko kurbelte die ganze Zeit am Generator, und als dies länger dauerte, zog er den Mantel aus und setzte schließlich auch die Mütze ab, denn ihm wurde heiß.

Kunitsins Botschaft begann mit einem forschen Gruß:

»Es lebe Lenin! Ehre der Roten Armee!«

Dann kam er zur Sache, die Botschaft lautete:

»Es geht uns beiden gut. Im Zuge der Erkundungen haben wir folgende Faktoren geklärt: Der Feind ist wegen Hitlers Leuten außerordentlich frustriert. Von der Heimatfront auf Urlaub kommende Soldaten verhalten sich unsoldatisch. Alkohol wird im Übermaß getrunken, gekauft wird er hauptsächlich bei den Deutschen. Gier auf Alkohol sogar so stark, dass Ausrüstung oder Bekleidung gegen Schnaps getauscht werden. Ausrüstung der Deutschen schlecht und im Allgemeinen für den Sommergebrauch gemacht.

Als ein Beispiel möchte ich erwähnen, dass ein finnischer

Unteroffizier, der auf Urlaub kam, dem Säuferwahn verfallen war. Wir haben ihn den Behörden übergeben. Die Zivilbehörden verstehen kein Russisch. Ihre Beziehung zu den Deutschen ist vertrauensvoll und freundschaftlich.
Das Kirchdorf Ristijärvi ist eine unbedeutende Ortschaft, kein Anlass für eine Bombardierung. In Hyryynsalmi befindet sich das Versorgungszentrum der Finnen und Deutschen, dort viel Militärbedarf, Proviant und u.a. 3 000 Mulis. Die Deutschen haben versucht, ihre Transporte mit Hilfe von Mulis durchzuführen, die jedoch ungeeignet für die hiesigen Verhältnisse sind, wegen ihrer kurzen Beine und kleinen Hufe versinken sie im Winter im Schnee und im Sommer in den Sümpfen. Die Beobachtung des Bahnverkehrs hat ergeben, dass in das Depot von Hyrynsalmi jeden Tag etwa zehn Ergänzungszüge fahren. In Oulu befindet sich ein zweites Versorgungszentrum und in Kuusamo ein Feldmagazin, hauptsächlich für die Reparatur von Kriegsgerät. Die Lagerbestände in diesem Magazin sind gering.
In der Stadt Kajaani keine nennenswerten Truppenkontingente. Luftschutz vorhanden. Keine Depots für Kriegsbedarf. Postbetrieb und Handel fast normal. Beginnender Mangel an Lebensmitteln, Fleisch und Fett schwer zu bekommen. Die Autos fahren mit Holzgas. Nur für Militärtransporte wird Benzin verkauft. Finnische Lastwagen, hauptsächlich alte Citroëns, in schlechtem Zustand. Nicht für den Winter geeignet. Nur wenige amerikanische Ford-Lastwagen.
Gesundheitswesen des Feindes gut organisiert. Apotheken im Zustand von Friedenszeiten, Stimmung im Apothekenwesen deutschenfreundlich.
Der Schwarzhandel mit Treibstoff blüht. Hohe Preise. Männliche Bevölkerung in der Heimat zeigt Neigung zur Kriminalität, sofern daraus finanzieller Vorteil erwächst.

Nurmes ist ein kleiner Marktflecken, darin kaum militärische Objekte. Der Feind nutzt den Ort als Durchgangsstation für den Verkehr von der nördlichen Front nach Karelien. Züge von Nurmes nach Osten sind abgedunkelt, durch Luftangriffe schwer zu zerstören, da sie nachts fahren. Die an die Front reisenden Feindsoldaten leiden unter Kriegsmüdigkeit. Mannschaften kritisieren die Deutschen, sind besorgt um die Moral an der Heimatfront. Anlass zur Sorge vorhanden. Der Feind geht davon aus, dass der Krieg noch viele Monate andauert, mindestens bis zum Sommer. Fahnenflucht nicht nennenswert.
Die finnischen Behörden stecken Personen, die als Kommunisten verdächtigt werden, in Konzentrationslager, man nennt es hier Schutzhaft. Die Lebensbedingungen dort sind sehr schlecht, häufig kommt es zu Todesfällen.
Die politische Führung Finnlands kritisiert England heftig für seine Beziehungen zur Sowjetunion. In der Presse wird Misstrauen gegen England gesät. In der Presse ebenfalls Berichte über die Situation in Leningrad. Die Propaganda stellt die Sache so dar, als wünschten die Einwohner, die Blockade würde mit einem Sieg von Hitlers Truppen und ihrem Einmarsch in die Stadt enden, sodass sie von ihnen vor dem Hungertod gerettet würden.
In der hiesigen Zivilbevölkerung werden primitive Heilmethoden angewendet, wie etwa das Schröpfen. Für Soldaten gibt es spezielle Saunagänge zur Entlausung.
Ausbildung der finnischen Pferde ausgezeichnet. Die Pferde haben Humor, sind ruhig und außerordentlich zäh. Selbst gute Pferde werden aus dem Kriegsdienst entlassen, sobald jüngere an ihre Stelle treten.
Die Militärorganisation der Frauen, die Swärdh-Armee, schult Frauen für verschiedene Militäraufgaben. Die Swärdh-

Soldatinnen arbeiten im Stab, in der Luftabwehr und in der Kriegsgeräteversorgung. Diese Einheiten werden bei Winterbedingungen auch zur Brennholzbeschaffung eingesetzt. Stimmung in diesen Einheiten gemischt, Uneinigkeit und unbegreifliche Meinungsfreiheit vorherrschend.
Beschaffung: Konfisziert wurde eine große Menge finnischen Geldes, gültiges! Angeschafft: finnisches Kriegspferd mit Sattel und Geschirr sowie für schwere Transporte geeigneter Doppelschlitten. Treibstoffproblem gelöst durch Kauf von 600 Litern Benzin und der erforderlichen Menge Äther. Besagten Treibstoff mit eigenem Pferd zum Flugzeug gebracht, Betankung ist erfolgt. Wild reichlich, Proviantsituation gut.
Flugzeug in gutem Zustand. Fliegerleutnant Savolenko bereit zur Rückkehr ins Vaterland. Fallschirmjäger Kunitsin erwartet neue Befehle. Es lebe Stalin!
Kunitsin und Savolenko.«
Müde saß Savolenko auf dem Reisig. Aber bald würde er wieder zur Kurbel greifen müssen, denn die Bestätigung konnte jederzeit erfolgen. Erst danach würde er sich ausruhen können.
Das Antworttelegramm war kurz und gnadenlos, Kunitsin las es laut vor:
»Nachricht erhalten. Töten Sie das Pferd und beseitigen Sie Ihre Spuren. Bombardieren Sie das Versorgungszentrum von Hyrynsalmi. Dann fliegen Sie beide nach Louhi, um dem Stab der 186. Division detailliert Bericht zu erstatten. Ende.
Kunitsin und Savolenko blickten schockiert auf ihr Pferd, das auf der anderen Seite des Lagerfeuers stand und sie mit sanften Augen ansah.

31

Kunitsin zerknüllte das Telegramm, das er erhalten hatte, und warf es ins Feuer.

»Auch für mich endet also das Dasein als Fallschirmjäger«, seufzte er traurig.

Zu Heikkis Schicksal äußerte sich keiner der beiden, sie wichen dem Blick des Pferdes aus. Savolenko begann, seine Karten zu studieren. Er meinte, dass der Flug zum Versorgungszentrum nach Hyrynsalmi nicht weit wäre, der Treibstoff würde für einen Abstecher dorthin gut reichen. Aber für eine großflächige Bombardierung war im Flugzeug nicht mehr genug Munition vorhanden. Nur noch ein paar kleine Granaten waren übrig, keine massiveren Geschosse mehr. »Wir müssen uns mit Schüssen aus dem Maschinengewehr begnügen, denn den Befehl müssen wir befolgen«, entschied er.

Aber jetzt musste erst mal die Sturmovik aus dem Schutz der Fichten wieder hinaus auf den See. Mit Manneskraft ließe sie sich keinen Zentimeter bewegen, und so spannte Kunitsin Heikki vor das Flugzeug, die Deichsel wurde am Fahrgestell befestigt. Kunitsin stieg auf das Pferd, um es von dort oben anzuspornen. Heikki musterte seine neue Fuhre feindselig, er fand, das Flugzeug war eine viel zu große Last, und er war nicht einmal gewillt, einen Versuch zu unternehmen. Kunitsin musste lange auf ihn einreden, ehe er zu einem Versuch bereit war.

Das Flugzeug war tief im Schnee eingesunken, und nur unter Einsatz aller Kräfte konnte das Pferd es von der Stelle rücken. Savolenko half nach, indem er an der Tragfläche schob, und in enormer Schräglage setzte sich die Maschine in Bewegung. Im Wald mussten erst großflächig Bäume gefällt werden, ehe genug Platz vorhanden war, um die Maschine auf den See zu bugsieren. Dort wurde das Pferd vom Geschirr befreit, und die Deichsel vom Fahrgestell entfernt. Savolenko kletterte für einen Startversuch ins Cockpit. Der vom Frost starre Motor brachte es nur auf eine knappe Umdrehung. Savolenko kam heraus und suchte nach der Ätherflasche, mehr als die Hälfte davon goss er direkt in den Tank, den Rest träufelte er in die Vergaser.

»Komm und schaukle die Maschine, damit der Äther sich gut mit dem Benzin vermischt«, forderte er seinen Kameraden auf. Und so schaukelten sie denn gemeinsam das Flugzeug, jeder an einer Tragfläche. Der Treibstoff gluckste im Tank, nahm den Äther in sich auf.

Erneut kletterte Savolenko ins Cockpit, um zu starten. Gleich beim ersten Versuch sprang der mächtige Motor der Maschine an, explosionsartiges Dröhnen erfüllte die Landschaft. Das Pferd, das das Geschehen von Weitem verfolgt hatte, erschrak ungemein. Es erhob sich entsetzt auf die Hinterbeine und galoppierte weit hinaus auf den See, wo es nur schwer einzufangen war. Mit hervorquellenden Augen stand es auf dem Eis und leistete Widerstand, als Kunitsin es zurück in den Wald ziehen wollte. Savolenko ließ den Motor eine Weile heulen, schaltete ihn dann aus, verließ das Cockpit und kam herunter aufs Eis. Er zog sich seine Pilotenuniform an, trampelte die deutschen Kleidungsstücke in den Schnee und befestigte seine Pistole am Gürtel, dann blickte er zu Heikki. Mit leiser Stimme sagte er zu Kunitsin:

»Den Befehl müssen wir ausführen. Wir können Heikki nicht im Flugzeug mitnehmen.«
Kunitsins Hand lag auf dem Hals des Pferdes, in den Augen des kleinen Fallschirmjägers schimmerten Tränen. Er schluckte und sagte:
»Es tut weh, ein so gutes Pferd zu töten ... es könnte noch so viele Lasten ziehen ...«
Savolenko hielt den Pistolenlauf auf das Pferd gerichtet, fixierte es, senkte dann die Waffe und sicherte sie. Er überlegte laut:
»Wenn wir nur irgendeinen Weg fänden ... Ich mag ihn wirklich nicht erschießen. Er hat uns bis hierher gezogen. Ist abgemagert unterwegs ...«
Jetzt machte Kunitsin rasch einen Vorschlag: Savolenko sollte mit der Maschine nach Hyrynsalmi fliegen, er selbst würde zur gleichen Zeit mit dem Pferd dorthin reiten. Dann würden sie das Pferd am Rand des Dorfes freilassen, in die Maschine steigen, das Maschinengewehr leer schießen und nach Hause fliegen. Der Gedanke gefiel Savolenko, dennoch bemerkte er:
»Der Feind bekommt ein gutes Pferd, und der Stab der Division hat eindeutig angeordnet, es zu töten.«
»Wir sagen, dass es ausgebüxt ist ... und es ist ja gar kein Kriegspferd mehr, die Armee hat es auf dem Markt verkauft ... im besten Falle fängt irgendein Kleinbauer es ein und nimmt es mit in seinen Stall.«
Sie beschlossen, so zu verfahren. Der Beschluss schenkte beiden neuen Elan, zügig bauten sie ihr Lager ab, vernichteten sorgfältig sämtliche Beweisstücke, die auf sie hindeuten konnten, luden ihre Ausrüstung ins Flugzeug und bereiteten für sich und Heikki eine gute Mahlzeit zu.
Den Doppelschlitten machten sie unbrauchbar, indem

sie die Streben zersägten, die Stahlbolzen der Querbalken schleuderten sie weit aufs Eis hinaus.

Kunitsin zeichnete sich eine Kopie der Wanderkarte der Gegend, die er der Zeitung von Hyrynsalmi entnommen hatte. Er setzte sich auf Heikkis Sattel, und Savolenko reichte ihm das Funkgerät hinauf. Sie suchten einen passenden Landeplatz nahe bei Hyrynsalmi, wo Kunitsin das Pferd freilassen und ins Flugzeug steigen konnte. Savolenko würde erst abends das Lager verlassen und losfliegen, etwa um die Zeit, da Kunitsin am vereinbarten Ort eintreffen würde.

»Ich werde jetzt mit Heikki aufbrechen«, erklärte Kunitsin. »Wenn ich den ganzen Nachmittag und Abend hindurch reite, bin ich wohl in den frühen Nachtsunden am Ziel. Ich zünde dort dann drei Lagerfeuer an, damit du weißt, wo du landen musst. Denk daran, die Skier gut zu befestigen, damit sie nicht herunterfallen.«

Savolenko stand neben seiner Maschine und sah zu, wie Kunitsin davonritt und im Inneren des Waldes verschwand.

32

Der bereifte, in der Sonne glitzernde Wald umschloss den Reiter und sein Pferd. Irgendwann entdeckte das Pferd ein Birkhuhnpaar in den Zweigen, zeigte es dem Mann auf seinem Rücken, aber jetzt waren sie schon zu dicht an bewohntem Gebiet, als dass Kunitsin den Vogel hätte schießen können. Und er hatte auch gar keinen Hunger.

»Wir lassen sie jetzt mal auf ihrem Ast sitzen, die schönen Vögel …«

In den späten Abendstunden erreichte Kunitsin das vereinbarte Moor in der Nähe des Kirchdorfes Hyrynsalmi. Er glitt aus dem Sattel, warf dem Pferd die Decke über den Rücken und begann am Funkgerät zu kurbeln. Mit der einen Hand kurbelte er, mit der anderen hielt er das Mikrofon. So nah an Savolenkos Flugzeug ließ sich der Funkkontakt sicherlich auch durch Sprechen herstellen.

»Das Pöytävaara-Moor«, sagte Kunitsin ins Mikrofon, im Hörer knackte es, und dann ertönte die Stimme Savolenkos, der aus dem Cockpit der Sturmovik antwortete: »Alles klar.«

Gleich anschließend entzündete Kunitsin drei Feuer im Moor, und bald schon war das Dröhnen der Sturmovik zu hören. Beim Landen kam die Maschine ein wenig ins Schleudern, der Schnee stob, was das Pferd erschreckte, aber Kunitsin konnte es stillhalten und beruhigen. Savolenko schaltete den Motor aus und kam zu seinem Gefährten.

»Ist alles gut gegangen?«, fragte er.

»Ja, ist es.«

Dann lösten die Männer ihre Skier vom Fahrgestell der Sturmovik und machten sich bereit, das Pferd zur Landstraße zu bringen. Sie hatten es eilig, denn das Geräusch der landenden Maschine war sicherlich im Dorf zu hören gewesen. Im dunklen Wald konnten sie mit dem Pferd nicht sehr schnell vorwärtskommen, aber der Weg war nicht weit, bald schon waren sie am Ziel. Dort führten sie das Pferd auf die Straße und wendeten dann ihre Skier, um zu ihrer Maschine zurückzukehren. Im Dunkeln tätschelte Kunitsin dem Pferd noch die Brust, und von der anderen Seite aus sagte Savolenko zu ihm:

»Ja, du ... versuch, gute Menschen zu finden ...«

»Versteh, dass wir gehen müssen«, sagte Kunitsin. »Wir sind keine Finnen, kommen aus einem anderen Land, die Trennung muss sein ...«

Und die Fallschirmjäger schwenkten wieder in ihre Spur ein. Das Pferd versuchte, ihnen im Dunkeln zu folgen, aber die Männer hielten an und verboten es ihm.

»Komm nicht mit, Heikki ... bleib schön dort ...«, forderte ihn Kunitsins Stimme aus dem Dunkeln auf. Dann verschwanden die Männer im Wald, und ihr Pferd blieb allein auf der Landstraße zurück, mit einem leeren Sattel und der Decke auf dem Rücken. Die Zügel waren um seinen Hals geschlungen. Kurze Zeit später hörte das Pferd hinter dem Wald Motorengedröhn, und bald stieg ein schwarzes Flugzeug zum dunklen Nachthimmel auf. Das Pferd betrachtete es, vor den weißen Nachtwolken war es kaum zu erkennen. Das Pferd begriff allerdings nicht, dass sich mit dem Flugzeug auch seine Besitzer, zwei russische Fallschirmjäger, in die Luft erhoben.

Vom Dorf her hörte man das Geräusch eines schweren Maschinengewehrs, die Luftabwehr antwortete darauf mit dumpfem Donner. Am Horizont flammte ein Feuer auf, die Versorgungsbaracke war in Brand geraten, großes Chaos herrschte in der Nacht. Aber bald drehte das Flugzeug über dem Dorf ab, flog über das Pferd hinweg, nahm Kurs nach Osten und verschwand hinter dem Waldrand. Noch lange hörte man das immer schwächer werdende Geräusch, bis in der Wildnis wieder Stille herrschte. Auch der Feuerschein über dem Dorf erlosch. Das Pferd trabte zum Zeitvertreib die Landstraße entlang, in Richtung Süden.

Am nächsten Morgen wurde auf der Straße nach Ristijärvi ein herrenloses Reitpferd entdeckt. Der Fahrer des Postautos fing es ein, band es an einem Baum fest und fuhr dann nach Hyrynsalmi. Diesen Tag verbrachte Heikki neben der Landstraße, an einen Baum gebunden, bis abends zwei deutsche Soldaten kamen, um ihn abzuholen.

Sie musterten das Pferd, klatschten ihm auf die Flanken und meinten:

»Nicht gut.«